[西班牙] 弗朗西斯科·米拉雷斯 著
刘云雁 译

# 大城小爱

## Amor en Minuscula

译林出版社

图书在版编目(CIP)数据

大城小爱 / （西）米拉雷斯（Miralles,F.）著，刘云雁译. —南京：译林出版社，2015.3

ISBN 978-7-5447-5387-6

Ⅰ. ①大… Ⅱ. ①米… ②刘… Ⅲ. ①长篇小说-西班牙-现代 Ⅳ. ①I551.45

中国版本图书馆CIP数据核字（2015）第056320号



| | |
|---|---|
| 书　　名 | 大城小爱 |
| 作　　者 | [西班牙] 弗朗西斯科·米拉雷斯 |
| 译　　者 | 刘云雁 |
| 责任编辑 | 沈　挺 |
| 原文出版 | Sandra Bruna Agencia Literaria S.L. |
| 出版发行 | 凤凰出版传媒股份有限公司<br>译林出版社 |
| 出版社地址 | 南京市湖南路1号A楼，邮编：210009 |
| 电子邮箱 | yilin@yilin.com |
| 出版社网址 | http://www.yilin.com |
| 经　　销 | 凤凰出版传媒股份有限公司 |
| 印　　刷 | 江苏苏中印刷有限公司 |
| 开　　本 | 880毫米×1230毫米　1/32 |
| 印　　张 | 8.25 |
| 插　　页 | 2 |
| 字　　数 | 137千 |
| 版　　次 | 2015年3月第1版　2015年3月第1次印刷 |
| 书　　号 | ISBN 978-7-5447-5387-6 |
| 定　　价 | 38.00元 |

译林版图书若有印装错误可向出版社调换
（电话：025-83658316）

小小的事情也是一种享受，
也许有一天回首往事，
你会发现，
那些细微的小事才是真正的大事。

——罗伯特·布洛尔特

## 致谢

感谢玛丽萨·托内兹

感谢我的智利兄弟费南多·阿诺

感谢米奇尔·德·罗勒斯

感谢巴塞罗那大学德语系

感谢我的德语老师辛卡·卡兰德、海迪·格伦伍德以及安娜·罗素

感谢亲爱的读者,与我分享这段经历

# 目录

# 迷雾之海

# 六十五万小时

新年的钟声很快就要敲响了，家家户户辞旧迎新。其实一新一旧，不过一念之间。人类发明了新年，日历才有销路。我们按照自己的需要，规定了年月日，自以为把握了时间；殊不知宇宙看似一片混沌，其实竟秩序井然，只是那并非我们的秩序罢了。

我独自坐在桌旁，盯着桌上的小瓶香槟和十二粒葡萄，思考着时间问题。据说人的一生只有短短六十五万小时，时间一到便如电池耗尽，从此归入沉寂。

我查了查家族的寿命史，发现我们家族的男性普遍寿命不长。看来我只怕比一般人还要短命些，只有六十万小时的生命。今年我已经三十七岁了，人生近半，蓦然回首，真不知浪费了多少光阴。

直到今年 12 月 31 日零点为止，我这一生从来没有做过什么了不起的事情。

这些年来,我一直一个人生活,唯一的妹妹也许久不走动了。每日两点一线,不是在德语系教课,就是待在这间阴暗的公寓里。

我是个副教授,平时在学校教文学课,除此之外便很少与人交往,有空的时候备备课,改改作业,做做学问。典型的单身男人的无聊生活不外如是:翻来覆去地看书,闲时听听古典音乐,浏览下时事资讯。生活中最特别的事情,也不过是逛逛超市罢了。

下班回来,我偶尔会去威尔第电影院看一部外国电影,当作对一天工作的奖赏,每次正好赶上倒数第二场。看完回家,依旧形单影只,只不过心里想着刚看的电影,分散了心思,便不觉得孤独了。到家早早上床,捂在被子里翻看电影院的宣传册,上面有影片排名,评论家把每部片子都吹得天花乱坠,从来不见负面评价,此外还有一些导演和演员的访谈。

我一般随手翻阅宣传册,并不当回事。翻完册子就关灯睡觉。

我的心里突然涌出一种强烈的感觉,不知道明天早上自己会不会活着醒来;如果我死了,需要过多久才会有人发现我死在家里。

有一篇报道说,一个日本人死了三年才被发现。可怜的家伙,估计死了也没人想念他。

再说说那些葡萄吧。我坐在桌边,一边计算自己前半生浪费了多少时间,一边数出十二粒葡萄放在碟子里,又摆上酒杯和一小瓶香槟。我的酒量并不好。

离新年的钟声敲响尚有六分钟，时间还早。我拧开瓶盖，打开电视，画面里出现了某个著名的大钟，好像是马德里太阳门广场上的那个标志性建筑。两位漂亮的主持人正在兴高采烈地说些什么。他们身后的广场上，狂欢的人们打开了香槟，庆祝新年；有的人正手舞足蹈，拼命吸引摄像机镜头。

看着这一片欢腾的景象，孤独的人心中该是怎样一番滋味？

十二道钟声敲响了，我就着午夜的钟声，一颗一颗吃着葡萄，再满饮一口香槟，把葡萄咽下去，心里突然觉得这个传统非常可笑。一个人的哑剧每年一场，演给谁看？

真无聊，我用餐巾擦了擦嘴，关掉了电视。洗洗睡吧！我坐在床上，窗外传来烟花爆竹的轰鸣声，还有喧嚣的笑闹声。

“太幼稚了！”我关掉了灯，就和平时一样。

黑暗中怎么也睡不着。虽说我家住在闹市区，就在两个广场的中间位置，大街上一直人声鼎沸，但这并非失眠的原因，因为我一般都戴着面罩和耳塞睡觉。

我躺在床上，辗转反侧。窗外一片节日的喧嚣，我静静地躺在黑暗中，第一次有了一种被遗弃的感觉。该死的圣诞节，到底有完没完！还有五天，还要一个人待够五天才到三王节[①]，多么“寂静”的五天。每年三王节我都和妹妹妹夫一起吃饭庆祝，妹夫深受抑郁症之苦，两人一直没有孩子。

“这几天假可怎么过啊？”我闭上了眼睛，不知是否还会再次睁开。

睡前的最后一刻，我不由想到：“新年到了，可是一切照旧。”

我终于沉入了梦乡，没有意识到睡前的结论很快就要被推翻了。

## 一碗牛奶

清晨，全城的人似乎都还在沉睡，只有我早早起床，穿着睡衣，轻手轻脚地烤着吐司。四周如此寂静，醒得太早也成了一种罪过，似乎这样的节日就该像其他人那样彻夜狂欢，醉倒在床，呼呼大睡不愿醒来才是正道。

这时，我怎么也没有想到会收到一件小小的新年礼物——一件微不足道的小事，却对我的一生产生了重要的影响。如同大洋彼岸的蝴蝶轻轻扇动翅膀，就卷起了灾难般的风暴，撕裂了我自我保护

① 三王节：传说基督诞生后，三个国王跟随伯利恒之星找到了基督耶稣，并献上礼物。在西班牙语国家，三王节是圣诞节后互送礼物的日子。——译注（本书以下注释若无特殊说明，均为译注。）

的坚壁，无论多么准确的天气预报也无法预测这场风暴。

这天清晨，我煮着咖啡，吃完吐司，穿戴齐整，像往常一样开启了一天的生活程序。我的生活一向过得非常有序，即使在假期也不能乱了章法，否则便会茫然无措。

今天可做的事情不多，不妨花点时间改改学生的作文。那群懒小子，我叫他们 12 月 1 号交作文，硬给拖到了圣诞节前才交上来。这样一来，我根本没有时间赶在放寒假前改好作文，再发还回去。想到这儿，我放下了作文，无心批改。

要不今天就看看维也纳的新年音乐会吧。虽然我并不太喜欢华尔兹音乐，序曲太长，演了很久还没进入正题。

我用大量冷水洗了把脸，然后梳起头来。梳着梳着，梳子绞住了一股白头发，显然是昨夜新长出来的，这真令人揪心。

“据说白发是智慧的象征，”我把白头发连根拔起，自言自语道，“可惜我不想让不相干的人了解我的智慧，做人要谦虚！”

无论如何，白发真令人沮丧，甚至比秃头更糟糕。头发掉了还有可能长出新的黑发，说不定更加乌黑强韧；但是头发白了，除非去染发，否则再也没法重新变黑，而且最终可能变成满头白发。

我琢磨着这些“黑色”的念头走进了客厅，经过电话机的时候忍不住瞥了一眼，心里有些难过。从 24 号圣诞夜到 25 号圣诞节，还有昨天 31 号大年夜，电话机始终没有响过。今天是新年第一天，就更别指望了。

再一想，又觉得没什么大不了，反正我也没有给别人打电话拜年。

我往沙发里一靠，打算看会书。手头有一本美国人写的书，我看到别人的小说里引用了这本书，就在亚马逊网站上买了一本，书名叫《他们也有名字》。这是一本很奇怪的辞典，专门收录不同语种中特有的词汇。

辞典主编霍德华·瑞恩德认为，名字能够决定一个事物的存在方式，我们的思维与行为方式皆源于已有的词汇，换句话说，即语言塑造思维。

辞典上有不少奇怪的词条：

巴拿卡（baraka）：阿拉伯语，能够运用于世俗世界的精神力量。

旺（won）：韩语，拒绝释放幻想。

罗兹布留德（razbliuto）：俄语，消逝的爱。

默克塔（mokita）：基利维那语，人人都知道但却不说出来的真理。

至于西班牙语，编者选了"奥库伦西亚"（ocurrencia）这个词，大概意思是"有趣但没什么价值的点子"，我自己都不知道这个词该怎么翻译才好。

辞典里还列了许多德语词汇。德语很方便利用造词法来合成新词,例如“托舒盘涅克”(torschlüsspanik)就是由“门”和“恐慌”这两个词构成,字面意思是“担心被关在门外”,辞典上给出的定义是“单身女性对于适龄未能结婚而产生的精神性焦虑症”。

各种构词五花八门,其中我觉得日语的词汇最为精妙,例如:

阿恩(ah-un):朋友之间的默契。

我最喜欢的是这一条:

莫诺诺阿(mono no aware):物事的哀伤。

当我翻阅回这本辞典中的条目时,我忽然觉得门外有一个声音一直在响,缓慢而持续不断,好像有一只虫子在木头上打洞。

我关掉音乐,想找出怪声的来源,那个声音却突然停了下来,似乎察觉到被人发现了。

我懒得多想,坐回到扶手椅,继续看书。书还没翻开,那个声音又来了,比先前还要大声。

“不像是昆虫,”我想,“至少比一般的虫子体型大。”

我屏声静气地听了一会,发现这个声音是从门那边传过来的。我朝房门走去,心里不大高兴,哪个正常人会来挠别人家的门?我突然想起,班图语中有一个词“巴拉特依”(palatyi),意思是“一种挠门的神秘生物”。

管它是人是鬼,反正我是吓到了。我走到门前停下了脚步,那家伙大概听出了不断走近的脚步声,挠门声响得更加厉害起来。

我一冲动,突然拉开了门,打算把外面的人吓一跳。

可是,门外一个人也没有。

更糟糕的是,我四处张望,视野内一个人也没有。我有些吃惊,忽然感到有一个热乎乎的东西,攀着我的腿往上爬。

我下意识地退后一步,低头查看到底是个什么东西。居然是一只猫,喵喵叫着和我打招呼。这只猫不大,差不多刚刚成年,背上条纹斑驳,乍一看还以为有很多猫在眼前晃。

小猫热切地蹭着我的腿,渴望得到回应,我却被它背上所谓"莫比乌斯纹"晃花了。这种 8 字形横纹,看起来就像数学上的"无限"符号。

"够了。"我抬起脚,轻轻地把它推出了门外。小猫不肯,又蹿了进来,蹲在门厅里,满眼疑惑地望着我。

我忍着反感,捏着后颈把它拎了起来,本以为它会露出爪子挠我,不料它却只是细声细气地喵喵乱叫。

"滚开!"我吼着把它扔到了外面的楼梯间。

它一触地就往回跑,趁我来不及关门,又溜进了我的屋子。

我火大了。

真该拿把扫帚把它赶出门去,我爸就经常这么干,我也该有样学样，无论是为了让老人家在坟里躺得安心，还是为了给圣诞节留点喜庆气氛，我都应该早点把它撵走；然而鬼使神差，我却突然想给它一碗牛奶，打发它安安静静地待在一边，别来烦我就好。

我以为小猫会跟着我进厨房，但它似乎更喜欢待在门厅里，满怀期待地望着我。

我用碗盛了一厘米深的牛奶，小心端着，碎步穿过走廊，生怕把牛奶洒出来，走到门厅才发现，小猫不见了。

它走了。

原来我没有关门，它大概以为我不理它就跑了。讨厌，白白浪费了一碗牛奶。我把碗放在地上，四下召唤，看看它是不是躲在哪个角落里了。

然而，哪里都没有小猫的影子。

"大概溜到外面去了吧。"我暗想。

我是一个很理性、很实际的人，做事不喜欢有头无尾。既然准备了牛奶，就必须让小猫喝完，才算善始善终。想到这儿，我开始学着别人逗猫的样子，发出"嘘嘘"的召唤声。然而，小猫始终没有出现。

我不耐烦了，把碗留在门外，关上了门。

新年音乐会马上就要开始了。

## 少年维特之烦恼

中饭没什么特别，下午也是老样子。我翻了翻那本奇异字辞典，又看了一会新年音乐会。电视上无休无止地放着明信片般明丽的画面——积雪的窗户，幸福的人儿成双结对，画面上双手交握的特写，真是越看越烦，我索性关掉了电视。

理智告诉我，应该工作一会，否则今天就浪费了。说实话，比起看电视，我宁愿给那帮懒小子改作文。

作文题不难，要求为歌德的著名小说《少年维特之烦恼》写一篇两页长的内容概要。这部小说的标题有好几种翻法，例如《少年维特之痛苦》、《少年维特之烦恼》等，还有人干脆翻译成《维特》。我个人比较偏爱“烦恼”这一译法，因为在阅读德语原版前，读到的译本就是这么翻译的——虽然我始终没完全弄清楚维特的烦恼到底是什么。

众所周知，故事情节以书信体展开。少年维特来到一个名叫瓦尔海姆的小村庄，平日绘画阅读，好不惬意。有一天，他在当地舞会上结识了可爱的少女夏绿蒂，朋友们都叫她“绿蒂”。维特对少女一见钟情，炙热的爱情不断高涨，愈是得不到回应便愈炽烈。为冷却这段无望的感情，维特听从了好友威廉的建议，离开了小村庄，前往大使馆担任外交秘书，但在工作中他越来越觉得尘世的生活面目可憎，终于又回到了瓦尔海姆村，然而可爱的绿蒂已经结婚了。维特绝望地扣下扳机，结束了自己的生命。

故事如此表述，显得维特的做法太幼稚、太夸张，然而歌德的文笔给整部小说赋予了存在主义的意味。读完全书不免留下这样的印象：维特狂热的爱情只是寻死的借口而已，真正的原因是他早已厌倦了生活。

至少我是这样理解的，但是学生们未必赞同。故事发生的年代距今已经过了两百多年，如今的大学生仍然非常喜欢这部作品，大概是因为他们还年轻，正是相信爱情至上的年龄。

尤其令学生们感兴趣的是，这本书甫一出世就受到了狂热的追捧，不到两年时间便被译成十二种文字在各国出版，甚至还译成了中文，简直绝无仅有。小说创造了一种特殊的生活态度，各国的年轻人争相效仿主人公的形象：蓝色的燕尾服、黄色的背心，风流浪漫，时时抛洒热泪，为爱人写下凄美绝望的书信……就连拿破仑都亲口承认，这部小说他读了七遍，还随身带上了战场。

这本书的坏处在于，许多年轻人模仿维特去自杀，以至于莱比锡等城市都将这部小说列为禁书。

总的来说，《少年维特之烦恼》是一部伟大的作品，教会了年轻人什么是浪漫的爱情。不过书中几个主要人物的行为举止令我觉得非常可笑。我怀疑，歌德写下这部小说的时候，一定也笑场了好多回。

## 偷袭

寒冷的夜晚,厨房玻璃蒙上了一层厚厚的水雾,我静静地做着一个人的晚餐。我不喜欢夜晚,仿佛能从夜色中读出自己的暮气。这是一天中最寂寞的时刻,孤独呲着无形的牙齿,啃噬着心灵。

厨房里的煎锅上摊着一人份的蛋饼。我一边煎蛋饼一边想,为什么不能找个好姑娘一起过日子?早就不记得上一次约会是什么时候了,只记得那是个金发女孩,风趣开朗,可惜她当时已经有了男朋友。我花了好几个月的时间才弄清楚这件事情,心里非常沮丧,女孩的哥哥看不下去了,私下劝我放手。

“她谁也不爱,只爱她自己,”她的哥哥对我说,“如果她爱男朋友,就不该和你在一起;如果她爱你,就该早点离开那个男人。”

简单的逻辑令我恍然大悟,从此我再次回到了一个人的生活轨道。

维特很幸运,至少还有一个忠诚的朋友可以倾诉,而我却什么也没有。

我一直不太合群,也许是怕受到伤害。年少的时候,我就不喜欢和同龄人玩,他们总是在你最需要他们的时候把你甩开。说起来,找到一个谈话投机的朋友本来就不容易。

这个世界愚昧无知，令人厌倦。

我打开收音机，调到了一个音乐台，正在播放东京的一场爵士乐演奏会。当我像个艺术家一样抛翻锅里的蛋饼时，收音机里的音乐会上突然响起了热烈的欢呼与掌声。

权且当作献给厨师大人的掌声吧，我数次鞠躬致谢，然后回到炉前，继续默默地煎蛋饼。

晚上十一点，我熄灯上床。收音机还开着，听着电台里的音乐会上，四位最棒的爵士乐手众星捧月地推出了第五位爵士乐手，纪念他登上同一个舞台整整五十周年。

我盯着天花板，静静地听着音乐家们的较量，不禁想起那个死了三年才被发现的日本人。

“或许他半夜感到不舒服却无处求援。”我想，“难怪结了婚的人更长寿。我这样的单身汉，如果犯了心肌梗塞……后果不堪设想。”

刚想到这儿，我觉得心脏突然一抽，胸口好像压着什么东西，一下子呼吸困难。我伸手去抓电话，感觉到汗珠从前额滴下来。听筒没有拿稳，“啪”的一声摔到地上。我浑身颤抖，竭力探身打开了床头灯，却看到了一只猫。

一对绿色的大眼睛圆溜溜地盯着我。

就是那只猫。

他一直躲在我家，趁我睡觉跳上了我的胸口，正好奇地望着我。

“该死的家伙！吓死我了！”我从床上一跃而起，小家伙赶紧往外面的客厅逃去。

还是父亲的老办法好，我从厨房里提起扫帚，疯子一样地冲进客厅，打算赶跑这个不速之客。

猫躲哪里去了？

我把扫帚靠回墙边，在客厅里仔细找了一圈，每个角落都找遍了，还是没有发现猫的踪迹。我又回到卧室继续找，床上床下都没有；衣柜门半开着，里面也没有。

我只好又去客厅找了一回，结果和刚才一样一无所获；随后又把其他房间都翻了一遍，仍然没有小猫的影子。这家伙很擅长玩捉迷藏，一点都不体谅我的辛苦。

我累坏了，腰酸背痛，赶紧直起腰来，打算躺回床上去休息。

“仗虽然打败了，但是这场战役远没有结束。”我大声说着，朝卧室走去，“明天就算把整个房子翻个底朝天也要把你揪出来，等着瞧！”

我上了床，很快便睡着了，连收音机都忘了关。节目早已结束了。

## 第一场胜仗

早上醒来，胸口像是又压着什么东西，这回不用睁眼我也知道自己没犯心脏病。

睁开眼睛，只见小猫蜷成一团，缩在我的胸口睡得正香，我愣住了。

这个小顽固！真想掐死它。

然而不知为什么，我并没有这样做，而是伸手抚摸它柔软的短毛。小猫睁开惺忪的睡眼，喉咙里发出了大声的咕噜声。它前腿一伸，抬起屁股，伸了个大懒腰，最后在我肚子上找了个舒服的地方坐下来，冲着我咕噜咕噜叫唤，似乎在朝我微笑。

猫也会微笑吗？

吃早饭的时候，我下定了决心，等动物收容所一开门就把它送过去。我在电话簿上找到了动物收容所的电话，但却一直拖着没去打电话，心里有一个声音在说：收容所也要放假到7号。

这时，我想起有本免费杂志的分类广告里有宠物专栏。

“动物收容所还没开门，不如先试试这个。”想到这儿，我赶紧去翻旧书，总算找到了那本杂志，以前只翻过一两页，还是为了买旧家具。

我拨通宠物广告的服务热线，听筒里传来一个温柔的声音。我告诉她，我想做个宠物收养的广告，然后口述了广告内容：

> 小猫寻家，保养得宜。有意者请于下午 4：00—8：00 致电……

我本以为加点小幽默能早点把小猫弄走，不过听话务员波澜不惊的声音，我的小幽默似乎丝毫不起作用。

“还有其他要求吗？”话务员记下了我的电话号码后问道。

“没了。”

“对不起，无法这样刊登广告。请问您的小猫注射疫苗了吗？”

“什么？”我不明白她的意思。

“本栏目只为定期接种疫苗的动物刊登收养广告，以免感染。请您告诉我小猫注射疫苗的情况好吗？”

我不知道这只猫有没有注射过疫苗，但话可不能这么说，否则别想登广告了。

“当然打过疫苗，”我撒了个谎，“这一条就加在广告最后吧。”

“好的。”

多亏话务员提醒了我，今天是这一期杂志收稿的最后一天，我的广告 1 月 8 日就会刊登出来。如果广告没有效果，我 15 号再去动物收容所吧。现在先等等，看有没有人愿意收养这个小家伙。不过疫苗的事情得先解决，别人肯定会要求我出示疫苗注射凭证。

我左思右想的时候，小猫舒舒服服地蹲在沙发上看着我，见我走进客厅也没有改变它优雅的坐姿，只是偶尔摇了摇尾巴。

麻烦事最好一次性解决。我从电话簿里翻出附近兽医的电话，为小猫预约看诊时间。

电话那头传来一个干涩的女声。

“请问哪位？”

“我想给小猫约个时间打疫苗。”

“请问您怎么称呼？”

我说了自己的名字，对方继续问道：“小猫叫什么名字？”

动物也有名字？我愣住了，一抬眼看到书架上满架的小说，其中一本是日本小说家三岛由纪夫的代表作《午后曳航》，我懒得和她讨论小猫的名字问题，顺手抛出小说作者的姓氏当作小猫的名字。

“三岛！”

小猫大声地喵了一声，似乎对这个名字很满意。这个名字的前主人后来可是切腹自杀的。

“请问这个名字怎么写？”

我拼读了小猫的新名字，寻思着该怎么把小猫带到诊所去。小家伙滑不溜手，很难捉住，我可不想满大街追猫。我向接电话的女兽医说起了我的担心。

“您可以带个提篮。”女兽医建议道。

“什么？”

三岛似乎听到了，显得很高兴，使劲摇着尾巴。

女兽医告诉我，提篮就是一种用来移动宠物的标准装备。她建议我有空去兽医诊所买个提篮装小猫。

“要跑好几趟呢，”我有些不快，“总不能为了一只猫打个疫苗就浪费一整天吧，不知道有没有其他的办法？”

“我们也可以上门服务，不过价格比较高。”

“无所谓，请上门一趟吧。”

“那只有我自己来了，”她的声音听起来很不高兴，“今天我值班，午饭时间过来行不行？”

我答应了，特意提醒她带上所有的宠物随身装备：碗、食物、猫沙……还有提篮。

下午两点半，门铃响了，一定是那位女兽医来了，我这儿不会有别的访客。我打开门，惊喜地发现兽医居然是个美女，年纪三十上下，短头发，戴着眼镜，神情开朗愉快。虽然有些严肃，但并不显得严厉，应该是一个很务实的人。

“这种人很适合做朋友。”我暗想。

也许以后可以找个机会约她上街逛逛，找家甜品店，吃着小点心，喝着热巧克力，面对面谈谈心。

可她一副公事公办的口气，一下子把我拉回了现实。

“小猫在哪里？快抱过来打针吧，”她不耐烦地说，“我今天还有不少事情呢。”

“好吧。”

我接过两大袋东西，请她进屋。三岛早上一直待在客厅里，可是等我们走进客厅的时候，沙发椅上却空了。

“小猫呢？”她问道，打开了公文包。

我跑进卧室，看它有没有躲在床上，可是床上也没有。我又进了厨房，牛奶碗还在，小猫却不见了。当我返回到客厅时，发现女兽医正在收拾公文包，准备离开。

“再等等好吗？”我恳求道，“也许它很快就会跑出来了。”

“别指望了，一听说打疫苗，小猫都会躲起来，你不知道吗？要是早点把它关在屋子里就好了。”

“事实上，我对猫一点都不了解，有不少问题想向您请教。坐下来喝杯咖啡好吗？”

“对不起，我三点还有一个预约。”她直白地说道，“我只负责照顾小动物，而不是你。”

太伤人了。我抽走她手里的账单，打算把事情早点了结。我付了全款，包括上门费，还慷慨地给了小费，因为手头没有零钱。然后，准备把她送至门外。

“如果你找到了小家伙，”她说道，“赶紧装在提篮里送过来，不需要另外预约。”

我点了点头。她穿过走廊出去的时候，发现地毯边缘处有一团糊状物。原谅我之前都没有注意到过。

她对我说道：“别再给它喂牛奶了，小家伙吐了。”

和善的建议缓和了我对她的看法，我把她送到了门口，道了谢。

过了没一会，三岛从客厅里钻了出来，快活地喵喵叫唤，像唱歌一样，不知道刚刚是不是一直躲在客厅的某个角落里，看着我们白忙活。

“瞧你做的好事，”我训道，“真是个不省心的家伙，是不是？”

## 老作家

新年第三天，我起床的时候感到浑身酸痛，好像有些发烧。突如其来的流感击溃了我最后一道心理防线。

三岛跳出我的被子，到吃早饭的时点了。我们俩把各自餐盘里的食物扫荡一空。就像两个同居多年的单身汉一样默契。我想，我和小猫会在一起住到15号。

吃完饭起身的时候，我一阵眩晕，打开抽屉，才发现装阿司匹林的瓶子里空无一物。

"我得下楼去买点药吃，要不只怕会病得更重。"我想。

一个单身男人独自生活，应该万事做好周全的准备，一旦出了什么变故也只能依靠自己。

我连睡衣也懒得换，顺手披了一件外衣就出了门，以为很快就会回来。

就在这时，意想不到的事情发生了。我走出屋子正要关门，三岛从门缝里一跃而出，蹿上了楼。

"该死，该死，该死的家伙！"我怒了，咆哮声在楼梯间里回荡。

这只猫就是来添乱的，滚烫的前额告诉我身体状况很糟糕，但我还是进门拎起提篮，上楼去找它，心想抓住它之后，就把它关在里面，然后坚持到15号就万事大吉了。

真想早点捉住它，把它关起来，但在寻找的过程中，我突然意识到这小家伙可不是那么听话的。幸好这栋楼只有两套公寓，找到小猫的时候，它正静静地蹲在楼上邻居家门口的软垫上，颇有耐心地挠着门，就像上次在我家门口那样。

我松了口气，看来养小猫的就是楼上这位老人家。他不常和别人打交道，脑袋秃得像台球，年纪不好猜，但从额头和脖子上的皱纹来看，至少有七十岁了。六年前，我刚搬进来的时候，他就住在楼上，但我很少在楼道里遇见他。

我按了按门铃，门"喀"的一声开了。我一推门，小猫立刻溜了进去。果然是这家养的，看来我猜得没错。

我就这样跟在小猫身后，走进了屋子。

空气中浮动着甜香的气息，有点像焚烧麝香的气味。

“有人吗？”我问道，顺手关上门，生怕小猫又溜下楼去。

屋里没人应答。

我有些好奇，继续往前走，穿过和我家一模一样的走廊，在客厅前停下了脚步。墙上的油画像磁铁一样吸引了我。原来是油画名作《雾海中的流浪者》的复制品，原作是德国浪漫主义画家卡斯帕·大卫·弗里德里希的代表作品。

学生时代，我曾经非常喜欢这位画家，忧郁的画风、神秘的风光，充斥着孤独和与世隔绝的气息。他有一幅作品特别具有悲剧色彩，名叫《沉船的希望》，也被人称作《冰之海》，层层冰雪勾勒出沉船的残骸。一位研究弗里德里希作品的专家指出，这幅作品中的冰船就像一座纪念碑，表现了自然凌驾于人类愿望之上的主题，而这正是浪漫悲观主义的精髓。

多年之后，我又一次看到了《雾海中的流浪者》这幅画：一个男人站在突兀的岩石上，画面中只能看到他的背影，还有被风吹乱的棕发。他拄着登山杖，望着脚下翻腾的云海，陷入沉思，就像维特决定自杀前的样子。

这幅画我见过好几次，甚至还在汉堡的美术馆里看到过真迹。

但是此时此刻，我却突然从画中读出了不少新的东西。这多像一个关于我人生的寓言。我就像画中的男人一样：困在山上，忽略了尘世的风景。

“你到底进不进来？”客厅里传来一个不耐烦的声音。

“是说我吗？”我问道，思绪从云端重重地落回了现实。

“除了你还有谁？”那人轻笑道。

这话说得真不客气，我有点不高兴，打算直接进去问问猫的事情，问完了早点走人。

老人坐在客厅中央一张极具现代感的桌子前。我用余光看了一眼，想知道他是怎么遥控开门的。然而桌上只有一台手提电脑，老人正旁若无人地敲着键盘。他身边放着一本科普书《万物简史》。这本书我也读过，不过早扔了。正是这本书提出了人生共计六十五万小时的说法。

趁着老人还在工作，没空抬头看我，我四下打量着这间客厅，又发现了一件有趣的东西。老人身边的矮桌上摆着一个火车轨道模型，我小时候，小伙伴们都在玩这个。矮桌下面是那只小猫，气定神闲地蹲在旧地毯上。

老人语气稍微柔和了些，问我道：“有事吗？”

“我追一只猫，追进了您家，应该是您的猫吧？”

“不是。”

三岛舔了舔爪子，开始洗脸，显然以前常常待在这个矮桌下。

“那您知道小猫的主人是谁吗？”

“它的主人就是它自己，就像你我一样。”

看来老人很喜欢和人辩论，可惜我偏偏对此非常反感，本想转身就走，管他那只猫是谁家的。

然而，出于某些说不清道不明的缘故，我并没有离开，就好像脚后跟被钉在地板上一样，站在老人家的客厅里，一动不动。老人继续敲起了键盘，我盯着火车轨道模型看了一会，目光又回到了那本书上，书的封面是地球图像。

“我也读过这本书，后来不知道扔哪里去了。”话一出口，我先吃了一惊，不知道自己为什么会向一个陌生人说起这样的事情。

“为什么扔了？”他的眼睛始终没有离开屏幕，“这本书写得挺不错。”

“科学令人沮丧，想想吧，原来我们也只是一团逐渐消融的原子，总有一天会变成一堆石头或者肥料，如果运气好的话还会长出蘑菇，这想起来就让人觉得不舒服。”

“你懂什么，”他小心翼翼地关上电脑，语带嘲讽地说道，“科学是通往上帝的捷径，读读那些著名生物学家的传记你就会发现，他们都是神秘主义者。”

“或许吧，但这与我的观点无关，我讨厌那个六十五万小时的说法，六十五万小时之后人就会变成一堆原子和分子，万事不由自我意识控制。”

“原子和分子的事情并不重要。”

“我倒觉得很重要，”我反驳道，“当然，不能和虚无空间相比较。正如书中所言，天下无处不是虚空，须弥之大，芥子之小，莫非如此。”

“见鬼的虚空，我看你脑子空空倒是真的。”

他紧盯着我，大概想看看我的反应。可我什么都没说，他的话引起了我的兴趣。他继续说道：“原子就如字母，既能写出卡贝尔的灵歌或者《圣经》，也能写出八卦杂志或者生发水广告。你听懂我的意思了吗？”

“不是很明白。”

“我另外给你一个比喻——你看上去对这概念有点难以理解。一块石头可以用于建造巴塞罗那圣家堂或奥斯维辛集中营的围墙。这不是石块本身所能决定的，是我们的使用让它发挥了不同的功效。你现在明白我说的意思了吗？”

“我有点理解了。”

“所以，当我们提及石头、字母和原子时，真正值得关注的是，谁在操纵它们以及如何利用它们。换句话说，我们是怎样的人并不重要，重要的是如何人尽其才。你的一生能活六十五万小时还是六个半小时也不是重点，关键在于如何利用时间，否则时间就对你毫无意义。”

他顿了顿，我不知该如何接话。他的言论引起了我的兴趣，真没想到会从一位住在小阁楼上的隐士这里听到一番大道理。

“您是位科学家吗？”我不禁问道。

“错了，错了。”

“哲学家？”

“大错特错，我只是一个作家，喜欢天马行空、胡思乱想而已。”

“作家？是专栏作家吗？”

“如果我是专栏作家，我就会主动告诉你我是名记者了。其实，我是一个写手，根据出版商的要求编书挣钱。”

“听您这么说，好像写一本书很简单似的。”我自顾自地在沙发上坐了下来。

“本来就不难，准备好足够的资料就不难写；或者说，只要你知道该去哪些书里寻找资料，写书真的不难。如果出版商要编一本爱情诗选，我知道读者们喜欢什么类型的诗歌，知道在哪里找到这些诗；如果要编一本关于天然药材的书，我也知道该去哪里查资料。我一直觉得自己是个手艺人。”

我愣住了，半是沉思，半是讶异。我从来不知道还有这样一种职业，以前我还以为每本书都是由该领域的专家所撰写的。

我好奇地问道："那您最近在编什么书？"

老人坏坏一笑，说道："这本书挺难编，不仅需要查资料，还要实例引证，说不定你也是一个典型案例。"

"这本书的主题是什么？"

"书名叫《深呼吸》，收录了许多励志故事，讲述人们一生中的奇迹时刻，有点类似于佛教中所说的顿悟，就是灵光一闪那种。"

"我恐怕帮不上什么忙，"我说道，"不记得有没有这样的经历，反正目前看来我这一生平淡无奇，嗯，对了，偶尔摊蛋饼的时候能把蛋饼飞起来，不知道这算不算顿悟。"

"太可惜了，"他说道，"要不这样吧，说起来你跟随小猫来到我家，也是一场缘分。如果没有急事的话，能不能帮我做件事情？"

我很意外，他一开口就要我帮忙做事。不过有一点他说对了，我到底怎么了？居然待在这里和一个陌生人聊天，而且聊了大半天连对方的名字都不知道。

虽然心里不太乐意，但出于礼貌，我仍然回答道："没问题。"

老人轻轻地拍了拍桌子，显得很高兴。他把座椅一转，拿起身旁的火车轨道模型，一边拆螺丝一边说道："对了，我叫泰特斯。这个名字听起来有点奇怪，所以我的作品一般都署笔名。"

我也自我介绍了一番。老人小心翼翼地从火车轨道上卸下一节，微笑着递给我。我疑惑地望着他，不知道他想让我做什么。

“这节轨道莫名其妙地变形了，导致小火车经常出轨。”

“我要怎么做？”我接过车轨，不太确定他的意思。

“老早就想去换一节车轨，可惜有心无力呀。最近腿脚不大好，天气一冷，风湿病又犯了。唉，不说这个了，换车轨的玩具店就在市中心，这点距离对你这样的年轻人来讲不算远，你能帮我跑一趟吗？”

我懊恼起来，早知道就不应该贸然答应老人。我正在发烧，体温越来越高，现在却要冒着严寒，跨越大半个城市去找一节玩具火车轨道。

“您这么大年纪了，适合玩玩具火车吗？”我回答道。

本以为这句话会伤到他，不料老人听了还挺高兴。他吃力地站起来，拍了拍我的肩膀，说道：

“我思考的时候，一看到小火车在车轨上跑，就会觉得很放松。你知道，深思的时候，总是需要一个焦点帮你集中注意力。”

我把车轨放进口袋，打算起身告辞，走之前顺口问道：“不知小猫到底叫什么名字？”

我们谈话的时候，小猫一直安安静静地待在桌下，蜷成一团睡大觉。

“我不知道！你得问它自己！”老人有点恼怒，“早就说过这不是我的猫！不过你帮我去玩具店换零件的时候，我会帮你照顾它。”

## 吉布瑞拉

走在大街上，一股寒意从头到脚浇下来。我在药店买了一点药，打算招辆出租车去玩具店，不料车都是满的，估计不少人正要赶往市中心，为迎接三王节而进行最后一场大采购。

“大伙儿都忙着采购呢。”我喃喃自语，“我却在为一小节玩具车轨头痛。”

病情不断加重，我越来越不舒服，浑身颤抖，慢慢地往前走——心里对老头充满了怨恨。走了好一会，总算到了通向市中心的主干道巴尔默斯大道，从这里搭16、17路公交车都可以到达佩拉约大街的玩具店。

我冒着寒风，走了二十多分钟才走到公交车站，走近了才发现站牌上贴着一张告示，上面说公交司机正在罢工。

真倒霉！我只好步行过去，沿着巴尔默斯大道大步往前走，按照这个速度，大约二十分钟就能到达目的地。有一刻，我觉得自己虚弱得快要晕倒了。高烧的眩晕一波一波地袭来，我都挺住了。

走到玩具店已经下午一点，穿着蓝色工作服的店员懒懒地看了看车轨，说道：“我也不知道仓库里还有没有这个零件，这种模型早就不生产了。”

他转身到后面的库房里去找零件。在我的想象中，玩具店的仓库应该是一个满当当的大盒子，里面装着各种各样的迷你小火车。

我一边等一边欣赏小店的橱窗。橱窗里围着一圈轨道，有一个火车头正在车轨上跑，每次跑到终点就亮一亮前灯，然后又倒回去重新开始，就像镜头回放一样，显得很不真实。

"你真走运，"店员边说边递给我一个新零件，和我带过来的那节车轨一模一样，"这个系列就剩一件存货，没得挑了。"

我默默地付了钱——比起这一路上的艰辛，这点钱真不算什么。店员细心地用褐色打包纸把车轨包好，递到我手里。我拿着包好的车轨，转身走出了小店。

趁着绿灯，我赶紧穿过马路，心中只想着早点回家。刚走到路中间，绿灯变成了红灯，就在这时，我看见了她。

她年纪与我相仿，高高瘦瘦，披着波浪头，大大的杏眼，脸颊上的雀斑和我记忆中的一模一样。我远远地望着她，遥遥相对。她脸上露出困惑的神色，显然也认出了我。

时间瞬间凝滞，就像书中所写的那样——顿悟——过去的一切像放电影一样在脑海中清晰地浮现出来。

我的思绪回到了三十年前的那个下午，曾经我以为自己已经忘记了这段回忆。那天，我像平常一样，带着妹妹去兰布拉大街玩耍。那里有不少宏伟的殿堂，铺着华丽的大理石台阶，许多地方都很适合玩捉迷藏。我们常去那里玩，她有个同学就住在附近，周围的孩子们都不约而同地聚集到这一片来。那天，我们玩的还是捉迷藏——最经典的儿童游戏。

我还记得自己躲在台阶下面，不久又有一个孩子想躲进来。这是个六岁多的小女孩，和我一般大，鬈曲的黑发，大大的眼睛瞪着我。

“有没有试过蝴蝶的吻？”躲迷藏的时候，她轻声问我。

“没有，”我慌了神，“为什么这么问？”

她凑近我，眨了眨眼睛，长长的睫毛拂在我脸上，轻轻的。

我永远忘不了那个女孩，但却再也没见过她，直到这一刻，我才又遇见她，是她，一定是她——横穿街道，从我身边经过的时候，她还稍稍顿了顿。

真奇怪，这么多年了，她给我的感觉居然从来都没有变。

那一刻，我突然明白了，我一直爱着她——吉布瑞拉——我清楚地记得她的名字，这是我生命中的真爱，自从那个女孩在台阶下给了我一个蝴蝶般的轻吻，我就再也无法爱上别人。爱没有理由，而我却刚刚才明白这一点。

顿悟被打断了，我们快步横过马路，红灯亮起的时候，早已各自停在了马路两边。我转头看她的一瞬间，她也正好回头，微微一笑，转身走上了人行道。

我很想拦住她，问问她过得可好，或者请她喝杯咖啡，然而汹涌的车流再一次堵住了我们俩之间的路面，根本无法回头。

我伸手想和她打个招呼，却招来了一辆出租车。我钻进车里，下意识地念着地址，车开动了，我往靠背上一沉，心跳骤然加快，腹部微微一颤，那是年少时代才有过的异样感觉。

出租车穿过拥堵的马路缓缓前行。有那么一瞬间，我突然清晰地意识到，我再次遇到了吉布瑞拉，然后再次失去了她。

在别人看来，这也许并没有什么特殊的意义，但我却把它当作人生的启示。童年的爱恋吉布瑞拉回来了，或许正是因为我为小猫倒了一碗牛奶。两件事情看起来毫不相干，但在深处却有着千丝万缕的联系。

我在厨房里倒牛奶的时候，小猫正在我的公寓里东躲西藏，最终把我引到了老人家里。老人指使我来玩具店，路上却遇到了吉布瑞拉。

一想到这些，口袋里的玩具车轨似乎也具有了超自然的力量，将我从既定的生活轨道中连根拔起，投入梦幻般的过往。

原来，我们的未来竟取决于许多极小的事情，例如喂猫，或者买个玩具车轨。

这意味着什么？我是否应该继续寻找吉布瑞拉？也许我应该回到原来的生活轨道，像过去三十年一样继续过日子？这一切的一切，纠缠在一起，到底想告诉我什么？

“关注小事，”我自言自语道，“也许秘诀就在于此吧。”我望着车窗，脑袋里凭空冒出了这样的想法。彼时，一道日光穿过车窗，飞舞着无数微尘。

我想，至少有一点很清楚，如果没有那碗牛奶，我绝不会遇见吉布瑞拉，一切皆源于此。

# 月球的阴影

# 三王节

我感冒了，在床上躺了整整三天，像做了一个无聊的长梦。三岛一直陪在身边，直到我逐渐好转，它才跳上床，脑袋蹭着我的脖子，喉咙里发出咕噜咕噜的声音，似乎在说："起床走走吧，帮我做点事。给我喂水喂粮，再把我睡觉的盒子打扫干净。"

我望了一眼闹钟，想看看今天是几号。病了好几天，每天都过得糊里糊涂，连日子都分不清了。闹钟显示，现在是 1 月 6 日 10 点 44 分。

"三王节到了。"我从床上坐起来，伸脚探了探冰凉的地板，冻得赶紧缩回了脚。身体依然感觉很虚弱，但精神好多了，肚子也有点饿，大概病快好了。没办法，还是得去妹妹家吃饭，当然也可以拿感冒当借口躲过去。

我看了看房间四周，这几天生病的日子过得混混沌沌。不记得有没有给三岛喂食，地上的猫食撒了一地。

我走进餐厅，在猫碗里添上清水，四下望了望。桌面上有一张纸条，纸上胡乱写着些大字，是我自己的笔迹，粗略记下了红灯时遇到吉布瑞拉的事情。

“原来不是一场梦。”想到这里，心中不禁涌起甜蜜欢欣。

我开着收音机，擦拭着大理石桌面，上面满是肉渣和饭粒。看来我病了的时候，也不忘给小猫喂吃的。收音机里播放着威尔第的《安魂曲》，真是一首奇怪的曲子，最初是极细腻的抒情曲，末尾却成了震耳欲聋的鼓钹声。

我关掉收音机，从厨房窗户往外望去，清晨的天空中一只麻雀穿行而过，嘴里叼着什么东西。

“还是去妹妹那里吃午饭吧。”我也不知道自己为什么会这么想。本来有理由可以不去，而且我也并不想去，但这一刻我却什么也不想了，内心深处似乎有一个秘密的指挥中心在下达指令。

或许我们所谓的直觉，也只不过是内心澄明之境的冰山一角，换句话说，某种不安的东西总是深深地隐藏在内心的阴影之下，悄无声息地运转着，迅速作出各种影响人生的决定，比我们的行动和意识还要快得多。

经过电话机的时候，我顺便看了一眼电话答录机，新信息提示灯悄无声息。三天了，没有任何人找我，或许再过三年也不会有人注意到我，就像那个日本人一样。

三岛又开始挠我的腿，提醒我它的存在。

“知道了，你一直都陪着我，”我对它说，“泰特斯就在楼上，我们凑起来正好‘三个王’，却不知道该向谁赠送礼物。”

要不先去楼上看望老人家，然后再去妹妹家吃饭吧。我又瞧了瞧桌上那张纸，心想他若听到了我“顿悟”的故事，一定很感兴趣。

## 命运的转盘

泰特斯仔细听我讲故事，手指捏着我递过来的那张纸条，似乎不知道该怎么做才好。故事讲完了，他静默了好一会。

我不耐烦地等着他作评价，突然发现老人显得很憔悴。我大致记得自己前几天把玩具车轨交给他就回家了，小猫也跟在我身边，我一进家门就发高烧病倒了。

如今看来，他的情形也不大好，脸色蜡黄，应该是生病了。他穿着一件深灰色的大衣，仿佛有一头猛兽困在衣服里，急于解脱出来。我想问问他身体可好，但他却已理顺了思路，对我说道：

“我要将你的‘顿悟’故事收进书里。”

“会不会听起来有点傻气？”

“绝对不会。”

老人似乎还想多说几句,最终却什么都没说,看来真的病了。我本应该早点告辞,让老人好好休息,但我突然觉得,这情形和三天前真像,心理陡然升起一种报复的快感,打定主意继续耽误他些时间,向他坦诚心事。

“我想说的是,”我继续说道,“见过她之后,我再也不可能当作什么事都没有发生的样子,继续混混沌沌下去。也许有点可笑,但我觉得自己必须去做些什么。”

“那就去做吧。”

“问题在于,我并不了解她,只知道她的教名,却不知道该去哪里找她,就算找到了,又该如何向她开口。她一定认为我疯了,我需要找一个接近她的借口。”

“借口一抓一大把,别磨磨唧唧,行动起来吧。”

他喊得再大声,我也懒得计较,反倒越说越带劲。

“你觉得我能找到她吗? 这次偶遇也许就是一个信号?”

“毫无疑问,这是你的使命。”

“谁赋予我这个使命呢? 命运吗?”

“也许是上帝的指引,管他呢。”

“我不相信一切都是偶然,我不知道该怎么说,但是看到吉布瑞拉的一瞬间,我就明白这次偶遇是注定的,根本不是偶然。”

泰特斯指尖轻敲着桌面,回答道:

“有时候，巧合真是令人难以置信。但是不可否认，宇宙和生命的起源中的确有着许多偶然，有时也许只是元素之间的随机结合。”

“什么意思？”

“生命的产生就像在赌场的大转盘上赢得终极大奖一样。无数精子中，一个幸运的小家伙脱颖而出。因为这唯一的受精卵组合，我们才能出生。是不是很奇妙？不知道是谁在命运的转盘上投了一枚硬币，转动了幸运转盘，推动着命运的奇迹。多么神秘啊。同样的道理，宇宙的起源中，大爆炸理论也不是完全不受神秘意识的影响，因为最重要的问题不是大爆炸是怎么发生的，而是谁或者什么力量拨动了命运的开关。”

“你的意思是，有一只无形的手推动着一切？”

“这么说可能有简单化之虞，”泰特斯难得一笑地说，“我记得荣格好像说过，万物由无形的细线连接，牵一发而动全身，每一个小小的举动都会对全局产生影响，不管有没有上帝都一样。”

“可我还是不明白，为什么吉布瑞拉会突然出现，我更不知道自己应该怎么做。”

“想想命运的转盘吧，我们的出生本就是奇迹，伟大的奇迹——仅此而已。”

## 反之为佳

我和泰特斯之间的对话越来越玄,根本无助于解决问题。他似乎在诱导我做某些事情,但又不肯直说。或许我早该把那些风花雪月的念头抛到脑后,忘掉那场相遇。

我起身告辞,顺便提到了不想去妹妹家聚餐的事情。

"来,我送你一个神奇的法子。"他说。

我不解地问他是什么,他答道:"反之为佳。也就是说,无论做什么都要逆着自己的想法去做。面对那些让你不痛快的人和事情,按照这个法子去做就对了。相信我,奇迹即将出现。"

从老人家里出来,我先去了面包店,购买三王节的传统甜点"国王麦圈"。排队的时候,我心里一直想着泰特斯的建议,打算试试看——就当是打发无聊吧。

瑞塔和安德鲁——我的妹妹和妹夫——婚姻并不幸福。妹夫就像个爱哭的小孩,总是抱怨个不停;妹妹则总是致力于指出那是谁的错。

他们结婚十五年了,我从来没有见过他们相亲相爱的样子。以前一直以为他们是因为没有孩子而心情抑郁。如今瑞塔都快四十岁了,早就知道生孩子的事情没了指望,那就更别指望她改掉坏脾气。

我来到他们位于对角大街的住处，搭电梯上楼，一滴冷汗从脖子上流下来。每次来看他们，我都会有这种感觉。一想到要和他们待在一起，我就感到浑身难受，也许只是我的“心理作用”吧。

“反之为佳。”我默念着箴言，按响了门铃。

安德鲁打开门，一脸阴郁地请我进去。我不免有些为这次拜访感到后悔，早知道就该称病待在家里，趁着感冒没好，多休息一天。

“你还好吧？”他说。

其实，我好不好，他一点都不关心，等到我反过来问候他时，他就会开始抱怨连连。以往我只得不情不愿地顺着他的话，反问他身体可好，然而这一次我在心里默念着“反之为佳”的咒语，坦白地说道：

“身体不太好，感冒了，躺了三天。不过，你的精神还不错！”

“是吗？”他吃惊地望着我。

“真不敢相信你两个月前才做过肠道手术，”我继续说道，“不说的话，还以为你刚刚做完养生按摩，简直年轻了十岁。”

我说着走进了餐厅，把一脸震惊的安德鲁留在了身后的大门边。“真有趣。”我暗暗地想。

“什么意思？”妹妹大声说道，就当是和我打招呼，“你是喝醉了，还是来取笑我们？”

听到这话，我差点就把手里的“国王麦圈”从盒子里扯出来，直接扔到她脸上。但是我忍住了，想试试箴言的效果。

我把妹妹拥入怀里，响亮地吻了她的前额。

“好想你呀！”我在说谎，“可惜，我没有带礼物过来。”

“我们之间什么时候互送过礼物？”瑞塔一脸疑惑地跟着我走进了客厅。

“那么就从今天开始吧。附近有个不错的海鲜餐厅，我们找个时间聚聚，我请客，怎么样？”

我几乎不敢相信自己会说出这番话来，不过话已出口，就做到底吧。突然，我注意到妹妹脸上的神情缓和了下来。

“你太客气了，”她说道，“可惜安德鲁正在节食，而我上个月也刚刚开始吃素。”

“好习惯，”我顺着她的意思，说道，“吃素不错，肉里面全都是激素之类的东西。”

“你居然没有反驳我。”她转身回到厨房，继续煮东西。

我在长沙发上坐下来。安德鲁就坐在旁边，手里端着一杯水，百无聊赖地看着电视新闻。他不时转头看看我，似乎担心我喝醉了耍酒疯。过了好一会，他才意识到自己多虑了，开口说道：“这个世界糟透了，什么时候才是个头啊？”

“没错，我们必须行动起来，改变这一切。”说到这里，我也不知道该怎么往下接了。

“你真的相信，一切都有可能改变吗？”他的语气充满了惊讶。

“当然，首先必须炒掉这个新闻节目的主编，换个人报道好消息。”

这时，瑞塔走了进来，将一盘素食千层面放在餐桌上。

“你怎么回事？”她语含责备地说道，“老谈些无聊的东西。”

今天的晚餐和以前很不一样。以前，大家安安静静地坐在餐桌边，一边吃饭一边看新闻，可是一想起泰特斯的箴言，我就忍不住想做出一点改变：我努力地称赞瑞塔端上来的每一道菜，询问他们的生活情况，时不时聊一聊生活中的趣事。

“最近家里来了一只猫，现在住在我家。”我咽下一口菜，说道，“一开始我以为是泰特斯家里的，后来才发现好像是一只无主的猫。”

“泰特斯是谁？”安德鲁问道，扬了扬遥控器，关掉了电视机。

我还来不及回答，瑞塔就打断道：

“你养了一只猫，太棒了！据说养猫可以陶冶情操，有些宠物可以吸收负面能量，你听说过没？”

以前的塞缪尔听了这话，一定会反讽一句：“没错，真该送给你一只，好好陶冶情操。”想到这里，我赶紧接过了话题，将谈话引向其他方向，聊起了三十年前与她共同度过的年少时光，聊起了那些周六下午的游戏，问她有没有吉布瑞拉的消息。

“这个名字听起来不太熟，”她说，“很多小孩子的名字我都叫不出来，他们大多住在哥特区。”

“有一次，我们俩躲在楼梯下面，就是你把我们找了出来，我记得很清楚。”

“我怎么可能记得？藏在楼梯下面——只有魔鬼才会这么干。”

“我以为你不信这个。”

“你知道为什么人们不会从楼梯下经过吗？《圣经》上说，魔鬼就躲在楼梯下。”

聊了一会，妹妹做烛疗的时间到了——我不知道烛疗是什么，但是妹妹最近很热衷这些稀奇古怪的东西。我也懒得继续叙旧，一口喝干了咖啡，打算告辞。

“你还是多休息休息，”瑞塔尖酸地说，“感冒病毒都快把你的脑子烧坏了。”

## 周六的启示

三王节下午，我收到的唯一的一件礼物，就是偷懒的学生们迟交的学期论文，有人居然把维特的名字都拼错了。我让他们都及格了，有些是出于同情，有些则是不希望他们重修，免得九月份还要批改一份糟糕的论文——我变得越来越实际。

我把论文收起来,放进公文包里,为明天上班做好准备。早上第一节课就是这个小组的讨论。

天色渐渐暗了下来,我拧开台灯,翻了翻瑞恩德主编的那本辞典,一直读到晚饭时间。书中一个很少用的德语词汇引起了我的兴趣。

维特摩兹(weltschmerz):字面意思是“世界的痛苦”,尤其是指生活优渥的年轻人所特有的一种浪漫情怀。

这个词汇想必就是为维特所创造的,辞典作者还在这一页末尾加了个注释:

> 维特摩兹气质的人具有如下特点:一般为富裕家庭的儿子(女儿较少),无衣食之忧,对自身的存在状态感到痛苦,并放任自己沉溺于这种痛苦之中。

这个定义使我想起了妹妹瑞塔,从少年时代直到如今,她一直觉得整个世界都在给她带来痛苦,浪漫情怀什么的倒是说不上。

这也许与我们从小的经历有关。母亲很早就过世了,父亲太忙,根本顾不上我们俩。后来,他把房子留给了瑞塔,也就是瑞塔和安德鲁现在住的地方。父亲也给我留了一些公司股份,但我从未动用过，大约心里一直怀着不忿。

瑞塔二十岁的时候，我们俩曾经非常亲密。其实那时，她性格中的专制、恶毒便已有迹可循。我总以为她年纪尚小，长大就好了，还给她起了个“新潮小姐”的外号，她总是在尝试着各种新东西，例如太极、灵气、生命之舞……

她努力让自己感觉愉悦（这个想法很自私），但却从来没有真正感到快乐。

但那时候，我只觉得好玩。她总是和我讲些新鲜事，我认真倾听，心里很清楚这些并不能让她真正开心起来。

刚上大学那年的一个周末，我答应和她一起去上一堂所谓的“超验冥想课”。授课的大师是一个五十多岁、晒得很黑的男人，在巴塞罗那北部乡村里租了个农场。宣传册上说，只须一个周末，我们就可以感受到启示的奇迹。

我稀里糊涂地被拉过去上课，来到了一间阁楼，里面坐着二十来个年轻人，热切地期待着去探索存在的秘密。

周六吃完早饭，大师把我们带到花园里上课。他先大肆批判了一番某些“失败的老师”——也就是他的竞争者们，随后告诉我们，启示就在眼前，只待睁开双眼。

“我可以告诉你们，”他说，“事实上你们已经得到了启示，只是还没有意识到而已。”

这还算好，讲完开场白，他又把我们领进了房间，房间里为每个人准备了厚垫子和硬枕头。他教我们各种姿势，莲花式、半莲花式之类的；然后又说，我们可能一下子还没法完全掌握这些姿势；他还说，只要我们能够把背坐直，眼睛半闭，他就满意了。

他用低沉的声音念着：“努力清空大脑，心里裂开一道缝，光明和温情充盈进来。”

大师瞬间化身为一个充满爱心的人，对那些女学生来说尤其如此。他一次又一次为她们纠正姿势，特别注重让她们挺起胸膛，抬到合适的高度。他总是站在女学生身后，伸手扶着她们的胸口，为她们调整姿势。按照大师的说法，冥想的过程中不能穿内衣，这会限制生命的呼吸。

我在呼吸和冥想方面肯定很有天分，因为大师从来不给我纠正姿势。

那个周六晚上发生了一些骚动，我们的导师大人选择了一个年轻的女孩子传授密宗功法。冥想以来，导师就一直特别关注她。没想到她拒绝了大师的邀请，声称自己还没有完全准备好。大师大发雷霆，在全班面前狠狠训了她一顿。

“放下你可笑的中产阶级思维，”他说道，“否则你永远也不可能获得解放。”

我想，他真正会解放的只有内衣和内裤吧，不过他自己可能并不这么想。

无论如何，我都觉得这位大师远不能深入真相的本质，他顶多就是个四十瓦的灯泡，只能吸引飞蛾而已。

## 弗兰兹与米蕾娜

上完无聊的写作课，我又给四年级的学生上了一节当代文学讨论课。讨论小组气氛不错，八位同学虽然离看懂整部德语作品还有一定距离，但都能够流利地阅读德语。

因为这只是一门综述性的入门课程，我们一般用两周的时间来讨论一位作家。我先简要介绍作者的生平与作品，然后围绕一个主题，让大家到讲台上各抒己见。

德语课一般都是这么上的，不过刚开始大家都不敢主动发言，大部分人更喜欢传统的教学方式：课堂讲授。老师在讲台上口述，经年累月，一成不变；学生在台下埋头做笔记。

今天讨论的对象是弗兰兹·卡夫卡。许多学生一听到这个名字就发怵，总觉得他的作品很复杂，看不懂。这么说也不算错。卡夫卡的作品喜欢描绘压抑变形的世界，叙述张力很强大，一开头就能紧紧抓住读者，随着矛盾加剧将读者引入情节之中。

为了证明我的说法，我把卡夫卡的两篇小说《变形记》、《判决》的开头分别抄在了黑板上：

当格里高·萨姆莎从烦躁不安的梦中醒来时，发现他在床上变成了一个巨大的跳蚤。

准是有人诬陷了约瑟夫·K，因为在一个晴朗的早晨，他无缘无故地被捕了。

引出讨论主题之前，我先简单介绍卡夫卡的生平，略过了那些人所共知的部分，例如他与父亲矛盾颇深，曾给父亲写过一封长达百页的信，信中极尽讽刺挖苦之能事，好在母亲把信截了下来，没有送到父亲手里。

这些内容我都没讲，而是给出了一些其他的细节，例如他好像有个叔叔在马德里，后来当上了铁路公司的执行总监。学生们都很喜欢听卡夫卡的八卦，这个部分一共花了四个半小时。我还说起卡夫卡晚年一直想在以色列的特拉维夫开间餐馆，并自任服务员。

如今八卦之风盛行，就连大学校园也不能免俗。老师上课也得想着法子吸引学生的兴趣。

这堂课最后二十分钟用来讲述卡夫卡的书信。卡夫卡的小说从来没有真正的结尾，但书信却不同。他为心爱的女人们写了好几百封信，每一封都很精彩，其中写给米蕾娜·耶森斯卡的信尤为动人。米蕾娜正是将诸多卡夫卡作品翻译成捷克语的译者。

卡夫卡不是犹太人，米蕾娜却是。纳粹占领捷克后，米蕾娜被送进了拉文斯布吕克集中营，1944年离世。卡夫卡早在米蕾娜过世前二十年就已死于肺炎，这对他未必不是幸事。

他们的爱情注定没有结果，因为米蕾娜是有夫之妇。但是他们一直保持着密切的联系，并曾多次约会。卡夫卡在信中这样写道：

亲爱的米蕾娜：

时间是如此短暂，以至于在你和两三件琐事之间盘桓后，我的一天就结束了。虽然没有时间给真正的米蕾娜写信，但是有一个更加真实的米蕾娜一直陪在我身边，在家里，在阳台上，在云层中伴着我。

疯子

也许是受卡夫卡情书的影响，我心里弥漫着一股浪漫的情愫，打算下完课就去曾经遇见吉布瑞拉的地方看看。

重逢吉布瑞拉也是这样的一个下午，就在大学旁边不远的十字路口。穿过广场，迈入佩拉约大街不远，就能找到那个地方。街上有个玩具店，橱窗里的小火车依然在跑来跑去，就像困在笼子里的野兽。

玩具店对面的红绿灯就是我错失吉布瑞拉的地方——“心灵顿悟的领域”。

然而这回，我什么感觉也没有，这条街和其他街道也似乎并无不同，一样车水马龙，挤满了公交车、小汽车和摩托车。

“没有吉布瑞拉，这条街道也没有什么大不了。”想到这里，我发现自己在犯傻，不禁有些好笑。

马路对面有一个小小的街边咖啡馆，就在维加拉道街口。我打算去那坐一坐，说不定奇迹会再次发生。说实话，某人某天穿过某条街道，并不意味着以后还会经过同一条街道，但至少再次相遇的机会比其他地方大得多。

当我匆匆走向人行道上的最后一张空桌时，回想起一个笑话：据说有一个醉鬼在路灯下摸索掉落的钥匙，并非因为钥匙就掉在附近，只是因为路灯下比较亮，方便寻找罢了。我如今的做法，也高明不到哪里去。也许，我只是不肯轻易放弃浪漫的幻想罢了。

正是冬天最寒冷的时令，虽然阳光很好，但是咖啡馆露天座位上居然有这么多人还是很让人吃惊。三张小桌坐满了两张，一张小桌坐着一对夫妇，看起来像是北欧人，或许对他们来说，零上五度的气温，再加上一点点泛着冰花的阳光，就算是夏天了吧。另一张小桌坐着一个四十岁上下的大胡子男人，裹着灰色大衣，戴着一顶黑色的宽边帽，手里捧着一本厚厚的活页本。

只有第三张桌子空着，就在那两张桌子正中间。我坐了下来，要了一杯马丁尼。坐在这个位置，十字路口的景象尽收眼底。但我心里仍然忧心不已，生怕吉布瑞拉出现时追不上她，再次擦肩而过。这要取决于她从哪个方向走过来，如果她往玩具店这边走，我就得赶紧追上去，只求红绿灯开眼，过路的汽车帮忙，不要挡道，否则过马路又要耽误不少时间；不过如果她从另一条街走过来，我就不用担心了。

我一边喝咖啡，一边幻想着见面的情景：

“吉布瑞拉，真巧啊！可惜上次没能好好聊聊。”

“是啊，”她一定会这样回答，“又见面了，真是缘分！”

“也许这就是命中注定，”我一定要这么对她说，“有时也需要谁的手来推动命运一把，例如上帝。”

“呵呵，这些都不重要，”她会这样说，“最重要的是，我们终于在一起了。”

“是啊，再也不会分开。”

酝酿着与吉布瑞拉的对话，我越想越激动，一偏头却突然发现那个大胡子男人正目不转睛地盯着我。我狠狠瞪了他一眼算作警告,可他毫不收敛,依旧像着迷一样盯着我。

我只得移开目光,低头看着他摊在桌前的手稿。手稿很厚,至少有一百页,封面上的标题字号很大,看得非常清楚,书名就叫《月球的阴影》。

又是个书呆子,我也懒得计较,赶紧结账走人,离开了这个荒唐的守候点,而那个大帽子男人始终用一种痴痴的眼神盯着我。

## 瓶中信

我在回家路上买了一个三明治,省得做饭耽误时间,我心里有个雄心勃勃的家庭清扫计划:洗完积存的两大缸衣服,把客厅的地毯用吸尘器打扫干净,再把下一周要用的高汤熬好。

如果有时间,还要做点关于卡夫卡小说的备课笔记,以备学生们的主题发言。

过了三个地铁站,我又回到了格雷斯,巴塞罗那只有这一片区域有着宽敞的人行道,不至于被汽车挤得无路可走。走回公寓的路上恰好经过威尔第电影院。我停下来看了看新片推荐,顺便买了一份报纸和一瓶苏打水。

然后我就可以回家锁上门,一直宅到天亮。

走进家门,答录机一闪一闪,显示有两个未接来电。第一个电话居然是一周前打过来的，我按下录音播放键，把报纸搁在桌上，将苏打水塞进冰箱。

电话答录机传来一个粗犷雄浑的男声：

早上好，我叫巴克·林南，打电话想问问小猫的事情，不知可否先见见小猫再做决定，我的电话号码是……

我按下删除键，下定决心留着三岛。小猫似乎听懂了那个男人的话，翘着尾巴，在屋子里骄傲地走来走去。

第二个电话还是和它有关：

你好，我是兽医，请尽快咨询预约小猫疫苗事宜，本项咨询服务不收费。再见！

"好女孩，"我对电话答录机说道，"我们又有机会一起享用热巧克力和蛋糕了。"

我差点就想立即把三岛塞进提篮带到兽医那里去，但却最终作罢。算了，既然已经决定下午搞大扫除，就不要临时改变计划。

家务事从哪里开始干起呢？我得做个计划：炖洋葱汤需要好几个小时，所以应该最先开始，一边炖汤还可以一边洗衣服、吸地毯，一下午时间绰绰有余。

我从冰箱里拿出蔬菜，按顺序摆在台案上。

“休斯敦，出事了。”我模仿着阿波罗 13 号舰长的口气说道。

冰箱里只剩一个洋葱，没法单独炖出一锅汤。我倒是可以利用其他配料凑合做一锅汤。但我想要的是洋葱汤，洋葱不够可不行。

出门买洋葱真麻烦。我突然想到，不一定非要上街，我可以去泰特斯家里借几个洋葱来应急——只要他不是靠罐头营生，就一定有点食材储备。

我穿着睡衣和拖鞋，上楼去找老人家，按响了门铃。和以往一样，门铃响了很久都无人应答。我又按了一回，依然无人应答。我把耳朵贴在门上，想听听里面的动静。这时，门缝里塞着一张纸，直觉告诉我——不知从何而来的神秘直觉告诉我，这张纸就是写给我的，而且绝不是什么好消息。

我弯腰捡起纸条，上面写着：

塞缪尔，帮帮我，我去医院了，只有你能帮我！

## 任务

诊所这种地方就像卡夫卡笔下的迷宫，交错的走廊充斥着忽暗忽明的荧光灯。我花了半个多小时才找到泰特斯的病房，同室病友是一个病得很重的老人，一副随时会离开人世的样子。

泰特斯微笑着伸手向我示意，如同圣徒。他脸上胡子拉碴，身上穿着绿色的睡袍，躺在床上望着我，仿佛一夜之间老了十岁。看到他这副无助的样子，手上还挂着吊针，我心中涌起一股浓浓的哀愁，只得赶紧用他曾经鼓励我的话来化解不良情绪。

"嗯，你总算可以好好休息休息了，可惜这里不是五星级酒店。"

"轻点声，我的心脏有点痛，不过应该很快就会好起来。真高兴你能来看我！"

就在这时，一个长得很性感的护士走进了病房，为他的病友做护理。

"待遇不错嘛，"我语气有些讽刺，"你干吗在纸条上说，只有我能帮你？"

"我想请你帮的忙和医院没关系，事实上那件事更加性命攸关。"

我在他身边坐下来，做好了准备听一个稀奇古怪的故事——我果然没有料错。

"你知道，我以写作为生，就算住院也放不下写书的事情。医生说，我至少要住院三周——他们担心我复发。"

"你是该安心休息，不是吗？当然，如果缺钱的话，我可以……"

他打断了我的话，说道："谢谢！我不需要钱，我只需要离开这里。你明白不，到了我这个年纪，随时都有可能被踢出职业圈子。"

"我不太明白。"

"这么说吧，两天前，我刚刚接了一个写作任务。给予我任务的那个编辑很古板，不肯变通，绝不会允许我推迟交稿。如果她知道我无法工作，一定会另寻作者。那样的话，以后我就没法和她共事了，你明白了吗？我必须让她放心地把工作交给我。"

"那我能做点什么？要不要我去和她谈谈，向她解释一下你的情况？"

"不行！"他激动地吼道，"绝对不行！我必须要让她确信，我正在努力工作，能够在交稿日期截止前按时完工。这个系列一共三本书，我写的是第一本，如果这一本完不成，以后就没戏了，你明白吗？"

"嗯，很难办啊，"我承认道，"除非发生奇迹，例如从这里飞出去。"

"对，我要的就是奇迹，"他的眼睛霎时熠熠生辉，"你总算说到了点子上。"

"我还是不太明白。"

"别那么死板，塞缪尔，我想请你帮我完成这个写作任务。"

"怎么完成？该不会要我来编一本励志书吧？"

“没错，我会在这里指导你。你拿着我的钥匙，就在我办公室里写，我的手提电脑里有个文件夹，存着所有的写作素材。”

要不是泰特斯刚刚从死亡线上回来，我一定扭头就走。你不能要求一个只懂得编写注脚、研究书目的学者来写畅销书。

“不能拒绝吗？”

“不要拒绝我！”

“好吧，书名叫什么？”

“《大城小爱》。”

## 玛丽莲·梦露的结局

回家路上，一想到还有那么多事情等着我做，就觉得身心俱疲。我要备课、改作业、大扫除，除此之外还要化身为一位老作家，完成一本书的写作任务，天知道怎么写得出来。

走进家门前，我觉得应该先去泰特斯的办公室里看看，就像恐怖分子事先踩点那样。

打开办公室的门，我居然感到非常安心，似乎回到了自己的家，似乎在这里工作是件天经地义的事。打开走道上的灯，走廊尽头就挂着上次见过的那幅画《雾海中的流浪者》，画面上一个流浪者站在云海之上。我再次停下了脚步，望着画作陷入了沉思。

“我的孤独更甚往昔。”我喃喃自语。

有一篇报道说，西班牙29.3%的家庭里只有一位家庭成员，我也是这个统计数字中的一份子，也就是报纸上所谓的“单人家庭”——就像一只蜗牛背着自己的家，一个人住在里面。

嗯，事实上从现在开始，我有了两个家，两个平行的人生。倒数第二层楼住着德语教授塞缪尔，而待在顶楼的那几个小时里就会化身为泰特斯。更可怕的是，我居然心平气和地接受了这种双重生活。

这些日子发生了这么多事，还能有更奇怪的事情吗？

我坐在桌边，就着昏暗的灯光，打量着桌上的东西。桌上什么都有：电脑、科学书籍、火车轨道。地毯上散落着三本书，大概是他出事的时候从手里掉下来的。

我弯腰捡起书，其中一本的封面上写着佛祖释迦牟尼的名言，另外两本书分别是艾伦·瓦特①和汤姆斯·牟敦②的传记。

我打算把这几本书带回家看看，慢慢适应我的新角色。明天再开始写东西吧，但愿能写得出来。

回到家正是晚上八点时分，想到还有这么多要做的事情，我感到压力很大。从泰特斯办公室里带回来的三本书，静静地躺在我的

① 艾伦·瓦特（1915—1973）：英国作家，著有二十三部畅销书，介绍禅宗和道教思想。

② 汤姆斯·牟敦（1915—1968）：亦称路易斯神父，美国作家，著有大量畅销书，从神学角度介绍东方宗教思想。

床头柜上，睡觉前再去翻翻吧。

我烦闷不已，只想出门透透气，不理会手头要做的事情都还没有开始。今天威尔第电影院正在放映我最喜欢的电影《乱点鸳鸯谱》。查了查报上刊登的放映时间，现在出门正好赶上倒数第二场。

我立即穿上大衣走出门去，仿佛逃亡一般。

我站在电影院大厅里，看了看拍摄花絮的海报。这是玛丽莲·梦露的最后一部电影，由他的丈夫阿瑟·米勒编剧。影片从头到尾如意识流一般充斥着荒谬的场景和灾难场面。

拍摄持续了一百一十一天，主角除了金发女郎梦露之外，还有克拉克·盖博和蒙哥马利·克利夫特。正如他们在剧中所饰演的角色那样，他们的状态都不大好。

拍摄的时候，梦露每天都要迟到好几个小时，她大量服用安眠药，早上总是起不了床。她觉得三个情人都背叛了自己，无论是肯尼迪、伊夫·蒙当，还有米勒本人都是如此。米勒只不过是利用梦露来铺平事业的道路。早上来到片场时，她状态很差，什么事也做不好——要么忘了台词，要么目光迷茫无神，导演约翰·休斯敦只得一次一次重拍。

克拉克·盖博五十九岁了，健康情况也不容乐观，但他依然每天喝两升威士忌，抽三包烟。作为一位老派的绅士，他从来不会因为梦露的迟到而发脾气，顶多只是等梦露来了以后，捏她一把说："美女，干活了！"

此外还有蒙哥马利·克利夫特——自从车祸导致脸部变形后，他酗酒、吸毒，而且始终不承认自己的同性恋倾向。

情况真是一团糟，约翰·休斯敦对这部电影失望透顶，每晚泡在赌场里。晚上十一点进去，早上五点出来，据说后来欠了不少钱，只好暂停电影拍摄，将梦露送进医院，节约时间，清理局面。

1960年11月5日，电影奇迹般地完成了拍摄。这个过程肯定不轻松，电影杀青后第二天，克拉克·盖博就死于心肌梗塞。这也是梦露的最后一部电影，不久之后，她就死于毒品过量。雪上加霜的是，影片的票房一败涂地。

海报末尾引用了诗人埃内斯托·卡德纳尔为梦露所写的墓志铭上的一段话：

> 主啊
>
> 这位年轻的女子以梦露之名享誉世界
>
> 即将卸下铅华，来到您的国度
>
> 没有经纪人
>
> 没有摄影师，也没有狗仔队
>
> 孤身一人，像宇航员面对茫茫长夜。

## 秘密花园

第二天，我又向街边咖啡馆走去，脑袋里还回响着影片中疯马的马蹄声，昨晚那场电影仿佛又将我带回到经典之中，可惜真不该在这当儿还耽误时间去看电影。

我又想起了意大利新现实主义经典电影《偷单车的人》，总算打消了某些愚蠢的打算。

内心深处，我根本不相信，坐在这个咖啡馆里苦等能有什么用处。想到这里，内心不由升起一个近乎绝望的念头：也许可以找一个私家侦探帮我追踪吉布瑞拉的消息。书上说，警察有时也会和私家侦探合作，处理绑架失踪之类的案件。他们在地图上挂一个摆锤，对案发地点四周做地毯式的全局搜索，就能最终确定失踪者的准确位置。

就在这时，我想起了《偷单车的人》中的一幕：主角的单车被偷了——没有车，他就没法继续贴海报，从此失去了唯一的谋生手段——他找来私家侦探帮他找回单车，花光了身上最后一点积蓄，却只得到了一个奇妙的答案："如果不能很快找回单车，那就再也找不到了。"

原来我也在做着类似的傻事，瞧我在咖啡馆里无望地等待她的出现，不也正是如此吗？

我走进咖啡馆，突然发现邻桌的人很面熟，黑帽子、白围巾。又是他！心里的平静瞬间坍塌，我咒骂了一声："该死！"

我几乎冲动得想要转身离开，但那个大胡子似乎并没有注意到我，只是埋头看着手稿，看得如此投入，大概早就把我忘了，也把这个世界忘在了脑后。

那就算了吧——我在中间那张桌子旁坐下来，他始终也没有看我一眼，我终于放下心来。

我点了一杯马丁尼，告诉自己尽快付钱，以便随时出门去追吉布瑞拉。如果吉布瑞拉在视野中出现，穿过马路向玩具店走去，我必须马上追出去。这种时候，可千万不能被服务员挡住，错过时机。

周四午餐时间，大街上的人流车流比平时更加喧嚣，我必须聚精会神，小心查探，结果因为过于关注来往行人，根本没有注意到，那个大胡子男人什么时候走了，手稿却忘在了桌上。

我本应该把书交给服务员保管，那人是咖啡馆的常客，一定会回来取走那书。

然而，我伸手拿起这部名为《月球的阴影》的书稿，突然很想看一眼，或许只是好奇，或许是纯属无聊。我拿着手稿回到自己桌前，又把标题读了一遍，然后才翻开来看看这到底是一本什么书。

第二页就是前言，主要阐述了全书的写作宗旨，里面这样写道：

每一道光线都有阴影。那些看上去最简单的人，都有一个隐藏的世界，时刻发生着不可预测的事情。如果我们一不小心闯了进去，就会感到不安与恐惧，仿佛侵入了别人的秘密花园。

也许这时我们会突然发现许多以前忽略的真相。然后试着将怀疑的种子向相邻的区域扩散，任阴影引导着我们去探索以前无法想象的地方。无论如何，硬币的另一面和这一面其实拥有同样的表面积。

也许你会突然发现，自己竟然连隔壁邻居都不认识，或者习惯性地视而不见。当然，也许你并不喜欢这种“最初的启示”，希望它们永远也别出现，免得给甜蜜的小日子戳开一个洞。

所以，最好不要好奇心太盛。

读到这里，我迷惑了，完全无法思考。这篇前言简直越介绍越糊涂。

我有些好奇，正要继续往下读，一抬头正好看到大胡子男人气冲冲地穿过街道走回来。很快，我就意识到他并不是在生我的气——事实上，他看也没看我一眼——大概是在生自己的气，居然把手稿落在咖啡馆里了，真是不可原谅的错误。

我慌慌张张地把书放回桌上，冲出门去。确切地说，几乎是朝着相反的方向跑了出去，头也不回。

## 第一次尝试

我回到家，情绪有些低沉。刚刚又遇到了大胡子男人，还偷看了他的手稿，会不会有事——读了不该读的东西，会不会带来一连串厄运。

不过，我到底读了些什么？

其实，这些都不重要。事情过后我才意识到，之前壮着胆子做过的那些事情，早已引起了连锁反应——也就是所谓的“蝴蝶效应”——等到灾难性后果发生的时候，一切都太迟了。

本来，我也不会想到这些，可是后来回家做午饭的时候，又发生了一些事情，搅动了我的思绪。做午饭的时候，我像往常一样打开了收音机，就是这样一个寻常的小动作，却带来了惊人的顿悟，像闪电一般击中了我。

我调着收音机，想找点好听的音乐，正好调到了一个名叫“1970年代吉他金曲”的节目。我平时一般都听古典音乐或爵士乐，但也喜欢听一些经典的摇滚乐。这一期节目播放的是英国摇滚乐队平克·弗洛伊德的曲子，好像是作为什么周年纪念之类的。

三频道的主播用低沉平静的声音说着：

……穿越时空的经典，1973年发行以来，总销量超过2500万张。当年现场演出后立刻引起轰动，最终签约传奇般的艾比路录音室，本唱片的混音师堪比艾伦·帕森斯，须知艾伦可是将十六音轨融入杜比立体声的先驱。唱片给人带来了许多意外的惊喜，例如混进了录音室门卫说话的声音，他决没有想到自己的声音也能成为音乐的一部分。请让我们一起来重温经典：《月球的阴影》。

吃完午饭，我把自己锁在泰特斯的办公室里，心里真想选择忘掉刚刚的一切。不知怎么的，总是有一种糟糕的感觉笼罩在心头。动笔写写书吧，也许很快就会忘掉生活中的阴影。突然，我想起了老人的话：命运是上帝的阴影。

"讨厌的阴影。"我咒着无形的虚空，顺手打开了泰特斯的手提电脑。

三岛像往常一样，跟着我走进了阁楼，趴在放着小火车的桌子底下睡觉。煤气取暖炉开着，屋里弥散着一氧化碳，气息令人昏昏沉沉。

我在电脑桌面上找到了一个名为“大城小爱”的文件，用鼠标轻轻一点，文件迅速被打开，里面除了一个书名，几乎什么内容都没有。

泰特斯经常在著作上署名为弗兰西斯·阿玛菲，这是他众多笔名中的一个。如今我在替他攒书，这个笔名也就归我了，并将在书中成为我的第二人格。这时，我就不再是塞缪尔·德·胡安；我也不再是德语文学博士，而是在为普通大众编着一本看起来很诱人的“好书”。

我滚动鼠标翻到目录。泰特斯只写了一点点目录，其他地方一片空白。我读着编好的几个章节名，看看能不能补充一些内容。

目录（暂定）

序言：欢迎体验奇迹

1. 孤独的宝藏

2. 每日的灵魂礼物

3. 机遇的鲜花

4. 明明白白的心

5.

6.

7.

“没什么内容嘛。”一想到这么艰巨的编书任务，我就觉得心累。泰特斯连目录都没有编完，却叫我写一整本书。

我天生是个循规蹈矩的人，于是决定先编完目录再写书。望着序号后面的一片空白，心里迷惘不已，似乎期待着什么东西自动浮现出来。正在这时，三岛喵喵叫了两声，将我从思想顿悟的迷思状态中唤醒。

“灵感来了。”我在键盘上敲起字来。

5. 小猫的哲学

这个标题不算特别醒目，但我觉得用一整章来写小猫，应该会很有趣，至于具体怎么写还没有想好。

受此启发，我又转向第六章，打算写一点辞典类的东西。如果到时候很有灵感，还可以从《他们也有名字》那本辞典里找些资料。这一章，暂且这么定吧。

6. 神秘的语言

“名字不错。”我很开心，标题一个接一个地都有了眉目，不知不觉就该给目录的最后一章起名字了。

7. 小事之爱

真是个好题目，而且是我一个人凭空想出来的。或许正因为如此，我对这一章特别有感觉。这一部分可以探讨细节的力量，举例说明细节中的不同寻常，还可以列个表说说生活中的诸多“细节”，例如：

#1. 在门口为小猫准备牛奶。(即使您并不需要这么做)

写到这里，我突然想起该带三岛去兽医那里打疫苗了。那个面冷心热的美女兽医正在等着我呢，就当去体验生活吧。

我关掉电脑，突然感到非常疲倦，远远超出了身体的劳累。今天要做的事情还不少，不过都挺有意思。

小猫跟在我脚边，我又一次在油画《雾海中的流浪者》前停下了脚步，仿佛在照镜子，口里不觉喃喃自语：“告诉我，迷雾何时才能散去。”

## 美的天然标准

明天要去打疫苗，我大致猜到了小猫的心思，晚上关紧门，免得第二天去打针又找不到它。这个家伙似乎也意识到了什么，一整晚想尽办法让我开门。

挠门没用，他改为喵喵地叫唤，还跳到我床上来想把我吵醒。我一动不动，眼睛都不眨。最终，小猫放弃了，蜷在我脚边呼呼大睡。

早上一起床，还没做早餐，我就把小猫关在了提篮里。三岛拼命地叫，几近于吼。我试图让它平静下来，手指穿过提篮的藤条，抚摸着它的脑袋。

"生活有时候就是这样，"我对它说，"别太往心里去。"

我在兽医诊所遇到了一条流着口水的斗牛犬，用充满威胁的眼神看着我和小猫。我几乎能感觉到提篮里的三岛吓得毛都竖了起来。这会儿，它一定很庆幸自己被关在篮子里了。

狗的主人是个瘦得皮包骨头的年轻女人，冷冰冰地板着脸。

问诊室门开了，一位卷发老太太走了出来，怀里搂着一只卷毛狮子狗。斗牛犬激动起来，开始大吼大叫，口水流得更凶了，直到那女子拉紧项圈，几乎把它拎了起来，才稍稍平静下来。

"很快就好了。"兽医微笑着抱走大狗，关上了门。

三岛轻轻地喵了一声,仿佛在说:“危险总算过去了。”

候诊的时候,我看着宣传栏里的海报打发时间,都是各大宠物品牌送给诊所的招贴画。海报上快乐的小狗跳得很高,还有安哥拉猫渴望地凝视着——某个牌子的宠物饼干。

狗的主人牵着斗牛犬走了,我拎着提篮走进了问诊室。与上次见面相比,美女兽医看起来神情轻松多了,大约是因为在自己的诊所里吧。

“对了,我叫玛丽斯尔。”她一边说着,一边把小猫从提篮里抱了出来。

不记得哪本书上说过:面容之美的标准与文化传统无关,而是人类共有的观念。据说大部分人都会对同一种脸型着迷。看看护士和婴儿的关系就能发现,宝宝都爱对面容姣好的护士微笑回应;可是如果护士的脸长得奇形怪状,他们立刻号啕大哭。

研究表明,人类一般都认为对称的脸型比较美好,虽然也有其他类型的美,但却得不到孩子们的认同。

玛丽斯尔的美是那种公认的美,在我看来她称得上秀外慧中。美女兽医忙完了手头的活,又给了我一个微笑。当然,这并不意味着她对我有点意思,愿意和我一起去喝杯咖啡。不过,就算她拒绝,大约也会为我的邀请而高兴吧。女人的想法真难捉摸,我从来都没有弄懂过。

## 捉迷藏

上午没课，回家路上我就寻思着，不如去医院看看泰特斯。这真是出了诊所，又进诊所，前一个给动物看病，后一个为人服务。

我坐在地铁里，手里翻着一本佛经，给新书找点资料。一开始，我并没打算看书，车厢里一张张灰色的面孔叫人心烦，这绝不是一个适合读书思考的地方，但我很快发现，根本没有人在意我。

他们睁着眼睛，目光空洞——还不如闭上更好，闭上眼睛，至少还可以做梦。

我不禁想起费尔南多·佩索阿的《惶然录》，这是我最喜欢的书之一。书里有这么一段话：沉睡使人再次回到了童年，因为梦中不会受到伤害，也无需抱怨生活的不公。即使最可怕的罪犯、最自私顽固的人，也会在这自然的奇迹中露出神圣的睡颜。诗人认为，杀死一个沉睡的人和杀死一个孩子没有本质区别。

佛经里读到了不少有趣的说法，书上说葡萄牙语中有一个很难翻译的词“索达德”，大概是指无法满足的乡愁，另外还有不少释迦牟尼的箴言。我在书中挑了些有趣的佛祖箴言划记下来，打算收录在新书里。

疼痛不可避免，

苦难却可选择。

将真理视为谬误，
或将谬误视为真理之人，
永远无法到达真理。

这不就是说我吗？一想到二千五百年前的古人都能对我指指点点，我就觉得不痛快。地铁到站了，我下车向医院走去。

“怎么样？两个任务进展如何？”泰特斯问道。

“打算先编书目再慢慢写，书目刚刚编完了。什么叫两个任务，另一个任务是什么？”我反问道。

“吉布瑞拉找到了吗？”

“没怎么开始找。”

“我的意思不是叫你‘开始找’，而是一定要‘找到她’。”泰特斯说。

“有区别吗？”

“找人的时候，你心里想的是为什么找不到，这就像我躺在床上问自己，上帝在哪里呀。我喜欢躺在床上寻找上帝，不是因为更容易找到，只不过是这样比较舒服罢了。你听懂了吗？”

我点点头，又想起了那个醉汉在路灯下找钥匙的故事。泰特斯继续说道：

"如果你只是想找找看，那就永远也找不到重要的线索。"

"那还能怎么样？除了坐在这里空着急，我还能做些什么？"

"不是这样的！"泰特斯激动得差点从床上跳起来。

我赶紧左右看看，希望没有打扰旁边的病人，突然发现另一张病床已经空了——从进门到现在，我居然刚刚才发现这一点。

老作家紧紧握着我的手，说道："放开心灵才能找到她；反过来，如果总是瞻前顾后，畏首畏尾，那就会连鼻尖下发生的事情都看不清。"

听到这话，我又看了一眼那张空床，天真地问泰特斯："上次见过的那个老人去哪里了？"

泰特斯轻轻地笑了：

"如果我知道他去哪里了，我也许能拿到诺贝尔奖的所有细分奖项。"

## 将难题逐一解决

课堂上关于卡夫卡小说《城堡》的主题发言很能体现这位学生的真实水平——显然，整篇小说他一点也没有看懂。

这是我最喜欢的捷克小说之一（虽然是用德语写的），或许正是因为小说神秘难懂，所以才值得玩味。小说始终没有完结，读者们尽可猜想 K 的结局：无论这位调查员如何努力，也永远走不进城堡。

也许吉布瑞拉就是我的城堡？想到其中的关联，我开始在脑海里整理小说的情节梗概：

1. 土地测量员 K 来到了一个冰天雪地的小村庄，受雇于城堡的主人。

2. 他在村里的旅馆安顿下来后，接到一个电话，被告知永远也没法走进城堡。

3. 不久，他又收到了一封信，通知他已经被接纳，为城堡主人提供服务。

4. 市长通知 K，城堡里并不需要测量员，前面的诸多混乱都源于行政方面的管理差错。

5. 同一天，他又收到了一封信，称其在城堡的测量工作受到了极大的好评。

6. K 始终无法履行职责，他想尽办法，也没能走进城堡。

城堡象征着最荒谬的人类欲望，譬如长生不老，又譬如我想要追寻三十年前的旧爱。这令我想起了泰特斯，他似乎说过如果我只是想找一找，那就绝不可能找到人。话虽如此，我还是想再试最后一次。

我往咖啡馆走去，心想如果那个疯子还在，我就不进去，而且以后也不再去那个咖啡馆了。来到咖啡馆，三张桌子都空着——今天天气不好，温度很低，风也很大。我依旧在中间那张桌子坐下来，点了一杯马丁尼。我搓着手取暖，心里不得不承认，这个地方对我充满了难以抗拒的吸引力，就像地球被月亮所吸引。

实际上，我只不过是一颗痴心妄想的小行星，围绕着一个不可能的梦想转个不停。

拼着最后一丝勇气和期待，我仔细地研究起过往行人。说实话，想要从这汹涌的人潮中找出吉布瑞拉，无异于大海捞针，但我还是想把握住最后一个机会。

命运似乎听到了我的召唤，咖啡馆里放起了比莉·哈乐黛的歌，歌里唱着："逐一解决难题；所谓不可能解决的问题，只不过需要多花些时间。"

音乐传递的信息令我心生安慰。回头想想，我化身弗兰西斯·阿玛菲编书的事情不正是如此。

我哼着歌，心情愉快起来。就在这时，眼前出现了一个讨厌的人影。他走得很快，我几乎没有反应过来：是那个戴帽子的大胡子男人，他拐个弯走进了咖啡馆，坐在平时的位置，摊开手稿放在桌上。

我本想一口喝干马丁尼，离开这里，再也不回来，但身子却僵住了，钉在椅子上一动不动，眼睛虽然还在看着窗外的行人，心里却奇异地宁静了下来。

“今天有事要发生啊。”我自言自语。

我也不知道为什么会这么想，仿佛有一把利剑穿透了我厚厚的意识层，预测着命运的走向。或许正因为如此，当大胡子男人和我搭讪的时候，我一点都不惊讶。

他问道：“你是否对未来充满了回忆？”

## 成功的失败

大风吹来，他的问话却在我心头盘桓不去。

太奇怪了，他和我搭腔，我居然毫不意外。怎么说呢，他就像一个老朋友一样，说着一些看似荒谬的话，而我却丝毫不觉得突兀。

我细细地打量着他，他唇上一撮小胡子，脸上一大把络腮胡子，把一张圆脸和凹陷的上唇遮得严严实实。

他一脸平静地望着我，似乎并不急于得到答案。

我仿佛从一场长梦中突然惊醒，一个模模糊糊的答案在脑海中若隐若现，似乎触手可及。如果换了一个理性的人，也许会立刻起身，将这个问题带来的迷惘抛到一边，但我却决定迎难而上。我平静地对他说：

“我没法回忆还没发生的事情。”

“你居然这么想。”他一边说，一边拖着椅子靠近我，但仍然没有离开自己的桌子。我们就像两个漂泊的水手，互相警告对方船上的漏洞，不顾船外风起浪大。

大胡子男人仍不放弃，继续说道：

“我们对未来多多少少有所预测，从某种程度上来说，我们选择了自己的命运，这才是正确的思维方式。”

“什么意思？”我以同样的语气回敬道。

“预测未来就像下象棋。好棋手能提前两三步猜到对手的意图，而绝世棋手则能预测更多步，这是一个逻辑连贯的问题。”

“你也可以预测自己的下一步吗？”

“当然，‘将军’之前还有许多变数，所以我不时回顾未来。一想起未来就觉得美妙，真希望一切早已开始。”

“如果未来的一切都取决于自己，”我顺着他的逻辑说道，“你能不能改变自己的下一步呢？”

我越来越相信，自己遇到了一个疯子。

“不能，”他说道，“因为在此之前，很多其他的事情要发生，你明白吗？就像下棋，环环相扣，落子无悔，否则就玩不下去了。”

“让我猜猜看，”我大胆地打断他，“你一直在回忆的未来，该不会就写到手稿上吧。”

大胡子男人笑了笑，说道：“真聪明，我就知道你是个靠得住的人。”

“休斯敦，出事了！”我脱口而出，绝没有想到这句感叹会引得话题越来越玄奥。

“1970 年 4 月 11 日。”他自信满满地接话道。

“什么？”

“阿波罗 13 号发射的日期，这个日期很不吉利，直接导致了后来的一系列灾难。”

“太迷信了吧。”

“所有的线索都指向这一点。阿波罗 13 号于 13 点 13 分发射。而这一日期的所有数字加起来正好等于十三，你自己算算，七加四，加一，再加一。”

我算了一遍，果然没错，正好等于十三，但那又怎么样，什么都证明不了。

“令人惊异的是，他们本以为可以摆脱这个不吉利的预兆。”他继续说道，“阿波罗 13 号是第二次登陆月球，但在距地球三十七万公里的位置时发生了爆炸，火箭受损并一度失去控制，围绕月球轨道无目的地漂流，这是整个航天史中最为漫长的九十个小时。”

“你简直是个专家了。”

“当第二个氧气罐爆炸时，宇航员只好关掉一切消耗火箭能源的工作设备。到这个时候，再次回到地球轨道已经变得非常困难了。宇航员们毫不放弃，与困难斗智斗勇，4 月 17 日在太平洋上的南帕克帕克岛安全着陆。因此，美国国家航空航天局将这次行动称为‘成功的失败’。很贴切，是不是？”

我没有回答，沉默了好一会，这个家伙讲话天马行空，吹牛都吹到月亮上去了。不过，我记得不小心读到的那页手稿上并没有提到月球的事情。

似乎是为了回应我的沉默，他又说道：“现在操心月球也没用，以后我们肯定还会再次登月。”

他用第一人称来描绘登月这样的事情，真叫我吃惊，但我忍住了，没有露出吃惊的表情。

“万事皆有定数，”他继续说道，“时机未到，别急着操心。”

说完，他诡异地眨了眨眼睛，喝完了杯里最后一口咖啡。直到这时，我才突然发现，刚才只顾着和他说话，完全忽略了观察过往行人。也许这样也好。

“今天你有什么打算？”我问道，本意是想继续聊聊前面关于下棋的隐喻，一开口却好像偏题了。

“昨天听到了一首好曲子，非常喜欢，今天就想弄明白曲子是谁写的。”

“我对音乐所知甚少，”我不得不承认，“说说看什么曲子，也许我听说过。”

“太棒了！”他的神色一下子生动起来，“昨天我在电视里看了一场电影：两个现代吸血鬼住在纽约的一个小公寓里，丈夫失去了永生的能力，在爱人面前迅速衰老。最后，妻子亲手埋葬了他苍老的尸骨。自始至终，片子里一直在放一首忧伤的钢琴曲，我想弄清楚到底是谁写的曲子。我只记得这些了，不知道有没有用。”

“演吸血鬼的演员是不是凯瑟琳·邓露夫，还有大卫·鲍威？”

“好像是的。”

“哦，那是舒伯特的钢琴曲《降 E 大调钢琴三重奏》，应该是叫这个名字吧。”

“多谢！”

他说着，突然站起身来，似乎突然要赶急事一般。他在桌上留了硬币，抬起帽子轻声和我道别。

“维德玛就此告辞。”

他说完便将手稿夹在腋下，从来时的方向离去。

## 威尼斯船歌

我一口喝完马丁尼，坐在桌边突然有些头晕。这时一阵冷风吹来，让人感觉很不舒服，我只好赶紧离开。

回家路上，脑中回旋着舒伯特舒缓的曲调，突然很想听一听这首曲子。我看了看表，如果快一点走，还能在音像店关门之前赶到。

一年多没来过泰勒斯大街上这家专卖古典音乐的小音像店了，如果说哪里还能找到舒伯特的唱片，则非此地莫属。

我没有往十字路口走，而是不顾车来车往，险险地穿过佩拉约大街，沿着禾维亚诺大道一直往前走再左转，终于在关门前五分钟赶到了音像店。

店里只有一个哈欠连天的收银员，音响里放着一曲甜美的乐曲，似乎很多年前听过，原来是门德尔松的“无词歌”《威尼斯船歌》，和舒伯特的作品一样都是钢琴曲，特别有意境。

我决定不再去想舒伯特的作品，梦游般地从当代音乐的货架移步到浪漫主义时期部分，打算先听完《威尼斯船歌》，再挑张唱片回家。乐曲终了，我睁开眼睛，心跳一顿，几乎眩晕，不敢相信眼前发生的一切：徘徊在另一个唱片架前的，不正是吉布瑞拉。

我努力克制着内心疯狂想要逃离的懦弱，屏息静气地等待吉布瑞拉抬头的那一刻。

她终于抬头了，我心跳如鼓，盯着她看了好一会，连她脸上的雀斑都那么可爱。她发觉了我的注视，眼神疑惑地望着我。

开场白很朴素，我对她说：“你好！”

她的脸上露出迷茫的神情。这很正常——我也感觉自己像是在做梦一样。我用平时打招呼的语气问道:“还记得我吗?”

她眯着眼睛看了我好一会,答道:“不记得了,有什么事吗?”

我吃了一惊,不知道该怎么往下接。难道这一切只是我的幻觉,难道只有我认出了她,难道只有我一个人在犯傻?那又如何,我鼓起勇气继续表白。

“好多年前,”我说道,“就在兰布拉街右边一座新古典主义建筑附近,我们曾经一起玩过捉迷藏……”

“我不知道你在说些什么,”她有些惊惧,“你肯定认错人了。”

说着,她转过身背对着我,躲到了音像店的角落里。

我羞得满脸通红,匆匆走出了小店,什么也没买,只带走了一段心碎的旋律。

## 神奇的灯

我努力让自己不去回想刚刚发生的一切,这真是我一生中最莫名其妙的一个下午:先是《城堡》的暗喻,然后碰到维德玛聊了一会,紧接着就遇见了吉布瑞拉,而她却没有认出我。

既然如此,她为什么要在十字路口用那种别有深意的眼神望着我?后来甚至转过身来看了我一眼,这一切难道都只是我在高烧中的错觉？

我的脑海里不断回放着两次相遇的场景，最后得出了唯一一个符合逻辑的结论：第一次在红绿灯那里，我们只是碰巧目光相对，后来的再次相遇也纯属偶然，人人都有可能走进路边的一家音像店。

我敢肯定，她就是三十年前的那个小女孩，就是她用一个蝴蝶的吻唤醒了我，可她自己却不记得了。也许对她来说，儿时的小事并没有什么大不了，彼时便不重要，此时更是如此。

生平第一次，我不得不痛苦地承认，自己成了一个令人过目即忘的可怜虫。更荒谬的是，即使如此，我依然无可救药地爱着她。

我一回到家，就想往医院跑，恨不得立刻把这一切告诉泰特斯。人们不是说过，分享哀伤，能使哀伤消散。

但我忍住了，内心深处终究不愿意在别人面前承认自己的失败，这简直无异于伤口撒盐。我抱着一大摞书上了楼，庆幸至少还有阁楼上的工作可以让自己沉溺其中。

我和往常一样，在《雾海中的流浪者》前留步片刻，然后走到老作家的书桌前坐下来，开始干活。

我把目录中的章节标题复制到不同页面，以便随时填充想到的内容。我看了看最后一章“小事之爱”，又添了一个小标题，希望能引起多数人的共鸣：

#2. 与陌生人说话

这一章太有意义了，非写不可。回头想想，与维德玛谈话后，我便怀念起舒伯特的音乐，于是来到音像店，听到了门德尔松的《威尼斯船歌》，乐曲终于将我引到了吉布瑞拉面前。这一环扣一环，究竟是怎么发生的？

暂且跳过这一章，我又看了看第四章“明明白白的心”。记得上次备课的时候，我把《少年维特之烦恼》重温了一遍，正好读到维特写给朋友威廉的一封信，信中思索着爱情的神秘，还提到了一个有趣的说法。

我上大学的时候就读过这本书，但如今重读这一节，却似乎有了崭新的感悟，因为这一段讲的就是无望的爱情。把这一段文字敲进电脑的时候，我的眼眶中盈满了泪花。

> 威廉啊，你想想这世界要是没有爱情，它在我们心中还会有什么意义！这就如一盏没有亮光的走马灯！可是一旦放进亮光去，白壁上便会映出五彩缤纷的图像，尽管仅只是些稍纵即逝的影子；但只要我们能像孩子似的为这种奇妙的现象所迷醉，它也足以造就咱们的幸福呵。今天我不能去看绿蒂，有一

个免不掉的聚会拖住了我。怎么办？我派了我的佣人，仅仅为了在自己身边有一个今天接近过她的人。我急不可耐地等着佣人回来，一见到他就有说不出的高兴！要不是害臊，真恨不得捧住他的脑袋亲一亲！

人们常讲电光石的故事，说它放在太阳地里便会吸收阳光，到了夜间仍旧亮华华的。这小伙子对于我也就如电光石。我感到，她的目光曾在他脸上、面颊上、上衣纽扣以及外套的绉领上停留过，这一切因此对我也变得十分神圣、十分珍贵了！此刻，就是给一千银塔勒，我都不肯把这小伙子让给谁的。有他在跟前，我心里舒畅。——上帝保佑，你可别笑我啊。威廉，难道令我心中舒畅的东西，还会是幻影么？（杨武能译）

# 物之哀

## 船歌归来

距离那个尴尬的下午又过了一周之后，发生了另外一件事情，就像一个信号，引起了我的注意。这天早上没课，我像往常一样打开收音机，调到古典音乐频道，开始打扫房间。

我正忙着清洗一堆脏碗碟，收音机里突然提到了“无词歌”。我关上水龙头，调大收音机的音量，想仔细听听这个节目。

1928 年，作曲家最喜欢的妹妹芳妮收到了一份特殊的生日礼物——哥哥的新歌，而且是一首“无词歌”。此时，门德尔松才十九岁，事业刚刚起步，正在发行一些钢琴短曲。1932 年首次创作“无词歌”组曲，立刻受到当时资产阶级新贵们的追捧。他们刚刚开始在家庭沙龙里引入钢琴，特别欢迎钢琴短曲。最初，每首钢琴曲都有着雅致的名称，表明乐曲的主题，但到了维多利亚时期，乐曲的标题变得五花八门，有些很炫目，例如“失去的欢乐”，还有些则很荒唐，例如“蜜蜂的婚礼”之类的，不管怎样都反映出曲目的情节与内涵。然而，门德尔松本人却将自己那些标志性作品命名为“无词歌”，的确足以令人期待。下面请欣赏《威尼斯船歌》。

“又来了。”我眯起眼睛，倾听音乐。

然而，奇怪的事情发生了，我居然识别不了这首曲子。收音机里的乐曲和缓而庄重，虽然同样美妙，但却与我遇见吉布瑞拉时所听到的曲子完全不一样。

这绝对不是我听到过的《船歌》，到底是播音员放错了曲子，还是我的幻觉？也许我当时听到的，本来就是《蜜蜂的婚礼》，或者什么其他的《船歌》？人生之中，处处充满了神秘。

听完这支曲子，我打开吸尘器开始清理地毯。三岛冲着这个轰鸣的家伙又叫又跳，仿佛在挑衅。

“明天找个时间聊聊，”我对它说，“新书有一章是关于小猫的哲学，你一定能帮上忙。”

做完家务，我有三个选择：可以待在家里看书，可以去楼上写点东西，也可以出门走走。我看了看表，已经过了十二点。

“这个时间点应该去喝杯马丁尼。”想到这里，我出门向咖啡馆走去。一周没去了，这个地方总对我有点莫名的吸引力。

但从格雷西亚街的公寓里出来后，我却改变了主意，打算先去看看老人家。一想到要向他坦诚遇见吉布瑞拉的事情，我就有些头疼心虚——自从上次去音像店之后，我就再也没有去见过老人家。或许我是在有意无意地避开他，一心躲在学校课堂和写作任务之中自欺欺人。

今天搞了很久的卫生，太累了，我决定乘坐出租车前去看望我的那位老朋友。

从背影来看，出租车司机身材魁梧宽厚，灰色的头发扎成一个马尾辫，就像美洲印第安人那样。他和许多出租车司机一样喜欢找人聊天。我交代完要去的地方后，他就开始聊起今天的新闻。

“有一个九十岁的老太太，居然收到了一封1937年寄来的信，你猜猜信里写了些什么？”

“还有这样的事情？”我假装感兴趣的样子说道。

“当然啦，很明显是她男朋友从伊布罗河前线寄来的信呗，结果把信寄出不久就阵亡了。所以也可以说，这是一封来自天堂的邮件。”

“老太太收到信以后怎么说？”

“她拼命地哭，这也很正常嘛，信里肯定带来了很多回忆。”

“我觉得也是。”

“这种事情不是头一回了，”出租车司机说道，“几年前，有人在一个地下室里找到了一麻袋没有送出去的信，不知道落在那里有多久了。邮政官员赶紧出来辟谣，防止丑闻扩散。”

“他是怎么解释的？”

“还能说什么？简直是一堆蠢话，他居然说，‘别担心，那里面没有情书’。”

## 意外的相遇

来到医院，泰特斯的床空着，据说是做什么检查去了。我本想等一等，但那个漂亮护士告诉我：

“检查完后，他需要好好休息。”

“检查”一词不禁使我想起了维德玛所说的太空探索[①]。我起身离开医院，毫不迟疑地往咖啡馆走去。无缘无故的，就是想去一趟，也许是想找个人聊聊，就算是聊聊阴冷的月亮也好。

穿过恩撒哲区左边的马路，我一边走一边想，不知道大胡子男人是干什么的。很难想象他干着一份普通工作的样子。光从衣着来看，他应该不缺钱。如果不是继承了一大笔遗产，就该有一份正

① 在西班牙语中，身体的“检查”和太空的“探索”是同一个单词。

职。这样一想就不免令人忧心：连这样有个性的男人都在体制之内，还有谁能逃离束缚。

走到十字路口，远远看到维德玛从桌边站起身来，收拾手稿，正要离开。我趁他还没离开，快走几步，来到他跟前。

他和我打了个招呼，但丝毫没有放慢脚步。我走上前去，与他并肩而行。天气不错，太阳照得人感觉暖暖的，但又不觉得很热。

“你找到舒伯特的曲子了吗？”我这么问，只是想提起话头。

“没兴趣去找，”他的回答出人意料，“你不是告诉过我这是舒伯特的《降E大调钢琴三重奏》，那就够了。”

“也就是说，你只是想知道曲名而已？”

“是啊，我喜欢知道事物的名称，你不也是吗？”

我们沿着加泰罗尼亚广场边的道路往前走，我突然想起了门德尔松的《威尼斯船歌》，便和他说起了这件奇怪的事情。

“这回换我来帮你了，”他一边说，一边大步向前走去，“带我去音像店，我帮你把事情搞清楚，我对唱片很在行。”

我们加快脚步，再次赶在关门之前来到了音像店。

一只脚刚迈进音像店，我突然把维德玛拉了出来，转身向泰勒斯大街走去，他居然一点也不吃惊，跟上了我的脚步往前走。

“不谈音乐了，”我说道，“可以请你吃个午饭吗？附近有一个餐馆还不错。”

他轻轻点了点头，我却心跳如擂鼓，无法平静——刚刚在音像店，我又看见了吉布瑞拉。

## 我们一定能登上月球

穿过迷宫般的小巷，我们来到了一家名叫罗纳斯科的小餐厅，这是拉瓦区我最喜欢的一家餐厅。一路上，维德玛一言不发，给我足够的时间整理心情。

灵光一闪，一切豁然明朗。我到现在才想清楚，原来遇见吉布瑞拉根本就不是什么命运的奇迹，她再次出现在音像店的原因很简单——她就在店里工作。

这个发现让我多少舒了一口气，至少我知道在哪里可以找到她，不必天天守在路边咖啡馆等她经过，我只需要在音像店停下脚步就可以看见她。另一个麻烦的问题是：吉布瑞拉没有认出我，而且对我的童年回忆毫无兴趣。对她来说，我完完全全是个陌生人，只有当我掏钱买唱片的时候，我们才会有一点关联。

那就去买唱片吧。

来到餐厅，好不容易找到最后一张空桌，这张桌子差点就被一群吵吵闹闹的游客占了。这里只提供为数不多的几款菜肴，我为我俩各点了一份沙拉，再加上一瓶白葡萄酒。

“我时间不多。”维德玛说道。

“别着急，这里上菜很快。你待会要去哪里？”

“还要继续做研究。”

“什么研究？”

他抿了一口酒，指了指搁在桌上的那本厚厚的手稿，随后拿起餐巾擦了擦嘴，说道：“美妙的未来等待着人类去探索。”

我惊呆了，再次“顿悟”般地感觉到，似乎以前也曾经听到过类似的荒谬说法。

“想法很乐观，”我说，“但是和这本手稿什么关系？”

“关系很大。我写这本书的初衷在于，以前每每回忆未来时，总有一种束手无策的感觉。”

“嗯，你好像提到过类似的话，你知道自己的未来走向何方，但却无法预测具体时机，不过这正好可以尽情发挥想象，是不是？可是这跟月亮又有什么关系？”

维德玛叉起一块白色的鱼肉，仔细检查了一番，放进嘴里，然后才说道：“这本书经历过诸多变故，也许称之为一本书并不确切，因为书是已经完成和封闭的存在，而这样东西却不一样，更像一个小怪物，正在不断成长，不断扭曲，直到新的出路在前方展开，我更愿意将其称为命运，或者称为生活。”

“那么书稿的标题‘月球的阴影’是什么意思？到底是指我们头顶上那块大石头，或是具备什么象征意义？”

“两者皆有，”他的双目闪耀着热切的光芒，“我们先从纯粹的科研探索说起，这对其他方面存有很大影响。”

他顿了顿，继续说道：

“这么说吧，我是一个研究月球的学者，不过已经离开学术圈好久了。我的月球理论和同事们产生了分歧。你知道，科学家都是很保守的人，看起来好像一直在创新，但其实只相信自己愿意相信的东西，完全就是闭着眼睛过日子。”

“那你发现了什么？你说的月球理论是什么意思？”

“嗯，这个理论目前还只是一个假说。我认为生活在月球上的人不会衰老。”

“为什么这么说？”我颇有兴趣地问道，“毕竟没人在月球上生活过，宇航员也只不过是上去度个假而已。”

“‘科学家们’也都这么想，塞缪尔，你点出了问题的关键。”

这是他第一次叫我的名字，这意味着，我们之间的关系突破了初级阶段，可以进入更加深刻的讨论。他继续说道：

“那时，我一直在试图证明细胞的氧化作用和地球重力之间具有直接联系，因此需要从各种太空考察的结果中搜集数据。在这个过程中，我渐渐开始怀疑，人类是不是真的到过月球。这些数据中有很多自相矛盾的地方，足以看出，即使以现有的最高科技水平，也不可能把登月的人接回来。”

“有一部电影里说过这个，”我补充道，“影片结尾是，失败的宇航员迫降到一处墓地，发现他们自己的葬礼正在被拍摄中。”

“我相信，肯定有很多人赞同我的想法，”他说着，脸上露出激愤的表情，“我的研究成果是不朽的，只可惜暂时还无法证明。那些太空考察都是假的，就算有些是真的，也绝对没有那么好的结果。”

“你什么时候开始对月球感兴趣的？”

“年轻的时候就做过登月梦。20 世纪 70 年代人人都以为，过不了几年每个人都能登上月球。后来，我觉得自己受到了欺骗。”

“可你还是对未来充满了憧憬。”

“因为我知道，我们一定能登上月球。终有一天，地球必定毁于一场灾难，我们别无选择，只能移民月球，到那时才发现，人类得到了永生——这真是完美的结局。”

## 镜屋

吃过午饭，维德玛匆匆离去，留下我一个人来付账，这时离音像店下午开门还有两个小时。

四周围着闹哄哄的游客，等待我空出桌子。虎视眈眈之下，我不得不妥协，站起身来，却不知道该去哪里，真想找个清静的地方散散步，沉淀一下满脑子的疑问。为了避开兰布拉大街的人流，我漫步穿过拉瓦区，周围到处都是公用电话亭，还有巴基斯坦人开的录像店。

我不自觉地朝一家叫马赛的酒吧走去。这是一家很神奇的小店，充满了颓废色彩。我读大学的时候常来，毕业后就再也没来过。咖啡馆里弥漫着波希米亚之风，墙上贴满了镜子，这曾经一度是我最喜欢的地方。

我揣着一颗怀旧之心，只是想进来看看酒吧这些年有没有变样。一样满墙的镜子，一样积了厚厚灰尘的酒瓶，还有那个时代特有的海报，上面写着“不许唱歌”、“不许停车”之类的警示语。

这个时间段店里人很少，到处都是空桌。我依稀记得有一本杂志上提到过这个酒吧，据说是巴塞罗那最古老的一家，创建于1920年。许多著名人物都曾经在此畅饮，例如尚·惹内，他那时正在附近的中国城里当男妓，也就是如今的拉瓦区，或者叫拉瓦斯坦地区。

一位美国口音的服务员为我上了一杯咖啡，打断了我的回忆，而回忆中的那个城市，早已不复存在。

我看了看表，三点半了，不到一个小时就能再次看到吉布瑞拉。一想到这里，我就感到手心里冷汗直冒，心跳也骤然加速，胸中残存的爱火忽然激烈地燃烧起来。

回想起那天下午第二次遇见她时的情景，我的心饱受折磨，空虚得如在深渊。我就像半悬在峭壁上，而她是我最后的依靠；如果放弃她，我将在痛苦中死去。

想到这里，我的眼眶湿润了。这时，我突然发现，前面桌子旁坐着一位醉醺醺的老女人，正用一种看待小孩子的眼神看着我。她抽着气味浓烈的香烟，每吸一口都要咳好久，但这并不妨碍她充满怜悯地望着我，目光中有着激情燃尽、重获自由之后的轻松与淡然。

服务员为她上了一杯小店特饮：稀释了的燃冰苦艾酒。老女人终于不再看我，转而盯着冰块上的火焰，火焰熄灭后，只剩热乎乎的酒水，可以小啜几口，慢慢饮尽。

这个情景，不禁使我想起了布考斯基的诗歌。说实话，我并不是特别喜欢这位诗人的作品，但却不得不承认，即使仅凭一本诗集的标题，他也称得上是一位伟大的诗人。这本诗集名为《燃于水，溺于火》。

## 柴纳斯基及其他

我喝完一杯咖啡，走出了酒吧，伸了伸腰腿，考虑着怎么接近吉布瑞拉。想了好久，打定主意应该首先请她原谅我的冒失，当然也请她为没有认出我而道歉——总之要表现得像个正常顾客的样子。

想到待会见面的情景，我又有些焦虑，赶紧想想布考斯基，转移注意力。布考斯基是出生在美国的犹太人，幸运地躲过了纳粹的迫害。说心里话，我对柴纳斯基——他在自传性小说中的化身——的无聊冒险丝毫不感兴趣，直到后来读到以下这篇小故事才发现，这个家伙还挺可爱的。

据说有一回，他坐火车沿着美国西海岸旅行，坐在他身后的男孩望着窗外的大海感叹，“大海看起来一点都不漂亮。”布考斯基听了觉得很有趣，认为这个孩子简直就是个天才，因为他自己从没有意识到这一点。

从小，大人就告诉我们，大海多么美丽，完全没有留给我们自己判断的机会。

我正沉浸在自己的思绪中，慢慢往前走，突然有人拉了拉我的衣袖。我如梦初醒，定睛一看，原来是一个年轻的摩洛哥人，穿着传统的阿拉伯长袍。他半个身子在电话亭里，手里还握着话筒。

“电话卡里还有点钱。”他说。

“什么？”

“还剩三毛钱，赶紧用掉，要不就被电话公司白白占了。你来把钱打完吧，给女朋友打个电话。”

他说着就把话筒塞给我，吹着口哨离去，我甚至来不及说一声谢谢。可惜我没有女朋友，真不知道该打给谁，才不会辜负人家的一番好心。

我突然记起自己先前抄下了医院的电话号码，以便和泰特斯联系，不如给他打个电话吧，问问他检查结果如何。

电话通了，老人的声音很激动，像是从洞穴里传过来一样嗡嗡作响。

“我很好，没必要替我担心，书写得怎么样了？”

“天啊！”我心想，书还没开始写呢，得赶紧换个话题，聊聊其他的八卦就好。

“我碰到了一个叫维德玛的人，像你一样喜欢大谈科学。”

“这是时代主题，人人都感兴趣。”老人说道，“吉布瑞拉那边怎么样了？”

“终于找到了，她在一家音像店工作。不过我俩没戏，她都不记得我了。”

“没关系，重新认识就可以了。你可以找她去买唱片，据说……”

电话突然断掉了，我无法知道他还想说些什么。我翻了翻口袋，想找出几枚硬币，却只找到了一毛钱，连打个市内电话都不够。

就这样，我怀着满腹疑虑，走出了电话亭，心里非常不安，仿佛即将奔赴前线战场。

## 浪漫邂逅

据说,戏剧开幕之前,再好的演员也会紧张,但是一上场就没事了。我的情形也差不多。走进音像店,我突然平静了下来,笨手笨脚地在唱片架上翻来翻去,就像所有古典音乐爱好者那样。店里放着舒缓的弦乐四重奏,我慢慢地找,总算找到了门德尔松作品所在的"M"栏,《船歌》的秘密即将揭晓。

我很有些做戏的感觉:明知道她就在附近,却偏要装作毫不在意的样子,一心扑在唱片架上,仿佛音乐重逾生命。但我很快就察觉到她正向我走来,洒下一片甜蜜的阴影,一颗心都快跳出来了。

我飞快地翻看着唱片,余光看到她正望着我,嘴角微翘,似笑非笑。

我抬头看向她,决定扮演一个被打断的客人,装出有些不快的样子。但目光一交汇,情感战胜了理智,一些原本不想说的话脱口而出。

"那天的事情,真对不起,我以为……"

"没关系,"她微笑着说,"需要帮忙吗?"

"非常需要。"我心想还是照着剧本演吧。想到这里,我赶紧说道:

"我要找上次在这里听过的一首曲子,就是'无词歌'里的一首钢琴曲，名字应该是叫《威尼斯船歌》，但是我现在又有点不确定了。”

“哪一首《威尼斯船歌》？”

“还有好几首？”我佯装镇定。

“门德尔松有三四支钢琴曲，都叫这个名字。”

“那我都要了，正好在聚会上放。”我故作幽默地说，“你推荐哪一个版本？”

吉布瑞拉转过身，优雅地穿行在唱片之间。我痴痴地望着她的背影，美丽的波浪长发，仿佛泛着蓝色的光。她找了一会，终于停下来说道：“有两个版本都不错，一个是巴伦博伊姆演奏的全集，还有一个是安德拉斯·希夫的选本。”

“巴伦博伊姆吧，我喜欢那种浪漫的氛围。”

“不过，巴伦博伊姆的全集好像现在没货，只有希夫的选集。”她说着递给我一张唱片，封面上有希夫的照片，面色红润，旁边还有“无词歌”的字样。

我拿着唱片，考虑着下一步该怎么做。一方面，我很想把唱片买回家，体会那种燃于泪水、溺于激情的感觉；另一方面却害怕错失进一步接近她的机会。

也可以折中处理，但要花双倍代价。

“这两个版本我都很喜欢，”我拿着封面上有演奏家头像的唱片，继续说道，“不知能否为我预定巴伦博伊姆的唱片？”

“当然可以，过几天就可以送过来，到货以后我通知您，请问能不能留下您的电话号码？”

我把电话报给她，心里莫名得意。虽然她问我要电话号码只是为了通知到货，但我却可以尽情地想象成一场浪漫的开始。

“那再会吧。”她笑了笑，转身走进了柜台里面。

这是我今年听到的最美的祝福。

“再会吧。”我默默地答道，再次头晕目眩。

## 莫诺诺阿

“别在意。”在孤寂的公寓中，我不断告诫自己，并沏了一壶热茶，驱散内心的清冷。

“不好办啊。”我忍不住向三岛倾诉，它似乎听得很仔细，“对她来说，现在的我只是个陌生人；可是对我而言，就算一堆女人穿着一模一样的衣服，我也能一眼认出她来；可惜她却不记得我了，就连我站在她眼前，也没有认出来，难道我的样子变了很多？”

说完我就瘫倒在客厅的沙发椅上，任黄昏最后一道光线悄悄溜走。看着满屋满架的书籍、唱片、布拉塞的肖像海报、熄灭的台灯……我的心脏骤然缩紧。

我不敢播放刚刚买的唱片，心里渗透着日本人所谓的“莫诺诺阿”，也就是物事的哀伤，心里渐渐有些明白了这个词的涵义。

我在暮色的阴影中坐了好一会，最后还是打开了台灯，三岛高兴地喵了一声。我从桌上拿起瑞恩德的辞典，放任忧郁的气氛蔓延开来，不知道自己为什么要这么做。

上面说到的这个日本词并没有收进辞典，而是写在辞典里夹送的一张简报上，据说最初源自18世纪日本诗人本居宣长的诗歌，指的是对外界事物非常敏感的精神状态，这是一种未经过滤的质朴关系，观察者融入了被观察者之中，如同爱人者活在被爱者的心中。

玄妙的体验带来了许多感想，仿佛世界最初便已同时具有了两大特征：美丽与悲哀。而这正是首位获得诺贝尔文学奖的日本作家川端康成的某部小说名称。

“也许一切美的事物都充满了悲哀，就像蝴蝶的吻一样转瞬即逝。”我告诉自己。

太肉麻了，我合上书籍起身去洗碗。最近似乎感情特别丰富，真叫人受不了。

暖暖的热水漫过餐具，我看到水面投射出夜空中的月亮，是如此圆满明亮。我忽然觉得月亮在那高空中是不是有些孤独，是不是也在等人造访。

也许维德玛是对的，永生就在那里，可是谁会愿意永远待在月球上呢？

## 佛光

星期六早上起床后，心情重新好了起来：其实我们并不孤独，那些感伤都是幻觉。

赏月之后，我心中似乎发生了什么化学反应，昨天的哀伤变成了今天的希望。我是不是疯了？

太阳升起来，三岛醒了，拼命伸懒腰，好像在做早操。

我从床上一跃而起，再次相信一定能够把握自己的命运，世间没有什么值得担心害怕，就连门德尔松的音乐也无法改变我的心。我播放着“无词歌”，着手准备一顿丰盛的早餐。

不错，安德拉斯·希夫的演奏就是我上次在音像店听到的版本。美妙的音乐简直就像灵丹妙药，令我心中的吉布瑞拉瞬间苏醒，过往的一切都是缘分，一眨眼把我带回了少年时的初恋。

第一首《船歌》为我带来了吉布瑞拉的微笑，可爱的雀斑，还有杏圆的大眼睛，一切生命中的美——世上最美的一切——都集中在她脸上。

在外人看来，我就像一个傻子一样，周六早上一个人坐在早餐前发呆。除了三岛，我一直都是一个人，但直到这一刻，才陡然感到刻骨铭心的寂寞。

这一切都是怎么发生的，一步一步唤醒了内心的渴望，指引我找到爱情，让我来理一理线索：一碗牛奶→猫→泰特斯→玩具火车轨道→吉布瑞拉→咖啡馆→维德玛→舒伯特→门德尔松→吉布瑞拉→泰特斯（检查身体）→维德玛→门德尔松（两首《船歌》）→吉布瑞拉……

就像我前面所说的：刻骨铭心的寂寞，还有音乐带来的寂寞。这一连串因果将把我引向何方？月球吗？月球和这一切又有什么关系呢？

我渐渐向外面的世界敞开了心扉，与某些人建立了直接联系——三岛、泰特斯、维德玛，妹妹和妹夫不算，此外还有三次与吉布瑞拉的会面。难道说，因为开始关注陌生人，吉布瑞拉是上天为此给予我的奖赏？

“也许这世上唯一一个值得爱的人，就是爱整个世界的人，他们从不计较得失。”我想。

这使我想起了睡前阅读时读到的一本佛经。枕边放本佛经，总能令人心绪宁静。我拿来佛经，又读了一回。

第二首《船歌》开始了，而我也正好在书里找到了问题的答案。

> 一支蜡烛可以点亮无数蜡烛，蜡烛自身的生命并不会因此

而缩短。快乐从未因分享而减损。

## 小猫的哲学

我星期六一整天不是在胡思乱想，就是在给下周备课，到了星期天，心里又开始痒痒的，想起了自己化身为弗兰西斯·阿玛菲，要撰写的那本书。

接过泰特斯交予的任务后，截至目前我只写了不到十页的内容：摘抄了《少年维特之烦恼》的部分片段、佛祖的一些语录，另外还有关心小事之类的谚语……我需要灵感，让我相信自己一定能够完成这项工作。

我看了看三岛，它正无聊地坐在沙发上，就像一个人类。我赶紧趁自己还没有进入周日下午惯有的低沉情绪，打算上楼去泰特斯的办公室里，把“小猫的哲学”这一章写出来。

我去哪里，三岛就跟到哪里。我上了阁楼，看着紧跟着的小猫，觉得这个组合还真有默契，今天下午一定能顺利完成写作任务。

我打开手提电脑，将参考书整理好，准备开始工作。泰特斯的书房里有不少关于小猫的书，其中一本特别合适，书名叫作《小猫的精神课堂》，是美国人写的，作者名叫乔安娜·桑德马克。她在前言里说，她家的小猫教她怎样跳高不会摔倒，还教她高兴的时候发出咕噜咕噜的声音。

准备工作很充分，但我总觉得还需要发掘亮点，最好是与众不同的内容。

说实话，那本书上所谓的“十堂课”不见得真的有用，我见多了“七条命”的小猫，可没见过敢那么冒险的人。想到这里，我灵光一现，知道应该如何落笔了。我一边看着三岛，一边写道：

1. 精神生活

猫是伟大的思想家，特别擅长瑜伽艺术，常常一连打坐好几个小时，遨游在自己的小宇宙间，然后突然一跃而起，奔向外面的世界。冥想带来了力量：它轻轻松松地在两种状态之间转换。动如脱兔，静如处子，收放自如，从不在动静之间犹疑不定，浪费生命。

2. 情感生活

很多人都说，猫是一种自私的动物，其实它们只是比较聪明罢了。如果能把人招过来，就绝不会自己跑过去；它们平时看起来冷冷淡淡，其实内心充满了力量；它们享受着人们的爱，却吝于表达；它们都是高深的道学家，讲究的是无为而治；它们坚持着自己的尊严，追随着自己的梦想；虽然不求人爱，却总有人爱着它们；小狗需要主人，而猫需要的是仆人。

3. 感官生活

家有小猫，时时提醒人们专注。我们常常错失机遇，便是因为对某些细节不够关注。小猫感觉敏锐，注意观察环境，对细微的变化非常敏感，正所谓慵懒的敏锐、积极的耐性。它们休息的时候也关心着周遭的环境，随时都能一跃而起，大展身手。表面的平静来自于内心的专注。他们的专注调动着外界的一切随其意愿而变动。

我就此打住，不敢相信一下子就写出了这么多，回头再读一遍，简直不敢相信是我写的，好似我被弗兰西斯·阿玛菲灵魂附体，写出了他的心声。可是弗兰西斯·阿玛菲到底是谁？

三岛蹲在地毯上摇尾巴，仿佛在鼓励我继续写。我又考虑了几个关于小猫的话题：猫的清洁、不老的秘密、超自然的直觉……

笔下的文字提醒我：我也该换一种视野重新生活。接下来这一周，任何事情都有可能发生，关键在于睁大眼睛，抓住机遇，无畏前行。

## 破蛋

学校里正在进行第一次考试，德国文学课被改到了星期一早上的头几节课。课程正在讨论赫尔曼·黑塞，尤其是他的著名小说《德米安》。最初出版时，署的就是主人公的名字埃米尔·辛克莱。

> 我只是想按照内心自然产生的愿望去生活，却为何如此艰难？

小说一开头就吸引了我，以前读过，但不太记得了。我一边往学院楼上走去，一边急不可待地翻到下一页。序言很简短，作者陈述了他的哲学观，介绍了小说主题线索。

> 每个人的生活都是一条通向自身的道路，都是对一条道路的尝试，对一条途径的暗示。没有人曾经完全成为他自身，但是每个人都在努力变成他自身——有的人模糊，有的人清醒一点，每个人都在尽自己的努力。

“说得太好了。”我无声地说，暗暗钦佩这位戴着圆眼镜的作家。走进教室，满眼又是几个懒懒散散的学生。

我径直走上讲台，挂好大衣，开始用德语介绍作者生平。赫尔曼·黑塞出生于一个久居印度的传教士家庭，性格古怪，曾经在精神病院住院，并两次试图用左轮手枪自杀。

他与时代格格不入，获得诺贝尔文学奖前一年，曾经受到德国知识分子群体的迫害，作品也被要求禁止发行。当时，卡尔·雅斯贝斯认为大屠杀是德国人民的“集体犯罪”，而他却公开反对这种观点。

听课的学生们哈欠连天，甚至懒得掩饰。作为一个经验丰富的教师，我知道这时候应该开始讲一些奇闻逸事来活跃课堂气氛，于是说起黑塞很在意读者的来信。据统计，他一生为读者回信超过三万封，这个习惯给他带来了许多麻烦，也耽误了太多时间，尤其是最后二十多年。这从侧面解释了，为什么他写完《荒原狼》之后，新作品越来越少。

介绍完黑塞的生平，我又请学生们来讲解《德米安》的主题，并将重点聚焦在我所认为的这部小说中特别值得注意的一个片段。

埃米尔·辛克莱很久不见好朋友马克斯·德米安了。年少的时候，德米安曾与他推心置腹，告诉他社会的阴暗，还有自己内心的阴影。一天晚上，辛克莱梦见德米安拿来一只鸟的纹章，要他吃下去。梦中，鸟儿复活了，吃起他的内脏。

这个梦给辛克莱带来了巨大的冲击，他画下梦中鸟儿的样子，寄到了德米安以前的地址，竟神奇地收到了回信。回信是用课本上的纸折出来的小纸条。信中德米安的话，类似于某种启示。

> 鸟从蛋里挣脱出来。蛋即世界。谁要想出生，就必须摧毁一个世界。鸟飞向上帝。

就在这时，班上的书虫小姐举起了手——她戴着一副圆圆的眼镜，就像黑塞一样。

“这个比喻是黑塞从歌德那里偷来的。”

“是吗？”我很不喜欢她说话的语气。

“这上面就有，”她拿出一本黄色封面的德国小说研究简介，“歌德在意大利游记中就有打破蛋壳的说法。”

“嗯，我做蛋饼的时候，也会打破蛋壳，这和歌德、黑塞都没什么关系。”

话一出口，我就后悔了。女孩的脸上显出愤慨的神情。都是我的错，必须马上纠正：

“开玩笑而已——别当真。请问你能不能把歌德说的那段话给大家读一读？”

这位学生终于恢复了正常神色，用地道的德语腔调，读起了歌德在意大利旅行的心情札记。我为其他学生翻译了其中一句有些难懂的话。

我觉得自己每天都甩掉了一张新壳，从骨髓中发生转变。

“不错，”我赞许道，“智者所见略同，任何人一生中总要打破蛋壳。这个意象，你们怎么看？”

课堂陷入了熟悉的寂静，每次脱离书本提问都是这样。学语言的大学生大多不愿意独立思考，而更喜欢在书上找答案。我望着一个有些胆小、平时从不发言的学生，示意他谈一谈想法，他耸了耸肩，表示没话可说。

好在书虫小姐救了他，她翻出简介中的一段话，念道：

“黑塞的意思是去掉以前的外壳，从某种程度上说，他也参与了破壳。”

“很好，那么他所谓的外壳是什么呢？”

我在女孩厚厚的镜片后，似乎看到了一闪而过的骄傲与敏感。她大声说道：“灵魂的外壳。”

## 人生相册

下午之前没有课要上，做点什么呢，我有三个选择：继续扮演弗兰西斯·阿玛菲写书,备课,或者去看看泰特斯。

还是不要吧,大清早被一群老先生和病人家属围着一定不太好受,想到这里,我有了一个意外的念头:不如再去看看妹妹。她深受某种不知名疾病的困扰,刚刚辞了职,这个时间一般都在家里。

我决定延续三王节以来为自己设定的处事路线,再三告诫自己反之为佳。于是,我扬手招了一辆出租车。

交代完要去的地方,我突然发现出租车司机的背影很熟悉,魁梧的身材,灰色的头发扎成马尾辫,碰巧他也正从后视镜里望着我。我记起来了,就是这位司机和我说起了遗失的书信。

我赶紧问道:“你觉得碰上同一位出租车司机的几率有多高?”

出租车司机笑了:“万分之一——巴塞罗那正好一万多辆出租车。不过也难说,我刚开出租的时候,曾经一天三次载送同一位女士。那天她是外出购物。不过和你说实话,第三次载送她其实是我刻意为之:我就在香水店外面等她,因为我知道会有些回扣可得。”

“回扣?”我没听明白。

“是啊……后来她上车以后神情恍惚,似乎压根就没有认出我,我就问她,‘请问您去哪儿?’她说,‘上床。’我一听就硬了,差点把计价器都顶坏了。”

来到妹妹的家,门房告诉我,瑞塔出门了,很快就回来。

“最近怎么人人都不在家。”我自言自语道，想了一会，还是打算进屋等等。

我用备用钥匙打开房门，一股熟悉的精油香味迎面扑来，以前和父亲、妹妹一起住在这里的时候从没留过心，如今再次闻到熟悉的香味，勾起了糟糕的童年记忆。

我很想马上打开电视机，转移注意力。安德鲁每天一进门就用遥控器打开电视，连穿过走廊都等不及。一想到那个迟钝的妹夫，我打消了开电视的念头，还不如像个外来者一样，四处看看，享受独自一人的快感。

客厅和卧室都翻修过好几回，早已面目全非，实在没有什么看头。厨房就更无趣了，只有些有机橙汁和味道很差劲的麦酒。

走了一圈，来到储藏室。这是个狭长的房间，家具都罩着白布，像幽灵一般。我去开灯，灯泡没亮，看来很久没人来过了。

眼睛慢慢适应了外面照进来的昏暗光线，我有些不确定地穿过那些家具，向储藏室另一端走去。墙边摆着一个木箱子，都是我童年的收藏：学历证书、古老的漫画、玩具，还有一些奇奇怪怪的东西。我费力地在黑暗中摸索，摸到了一个金属手电筒，按了按开关，居然亮了。

这个手电筒应该是不久前才放在这里的。

手电筒的发现，顿时照亮了痛苦的回忆：角落里散落着手写的练习本、圆规、棋盘，还有妹妹用塑料绳子穿成的手链。

我把木箱子使劲一拉，完全打开来，里面有一些音乐杂志，还有一本印象中没有见过的相册。打开相册，手电筒照到第一页，竟是父亲的遗像。我手一抖，差点把相册摔了回去。

犹豫片刻，好奇心反而越来越盛。我像个病态的考古学家一样，终于忍不住再次打开了相册。开头好几张都是父亲不同时期的照片：有刚刚从大学毕业的照片；有伦敦之行的记录；另外一张照片里，父亲把刚出生的妹妹抱在怀里。

翻看着相片，心情渐渐轻松，缅怀着逝去的时光，多少有些庆幸，一切都已经过去了。我像孩童时一样，坐在储藏室地上，想起父亲过世的时候，我也并没有多么悲伤。那时我已经二十岁了，童年的阴影依然静静地萦绕着我，无法言说。

自从母亲过世后，他就完全疏远了我们，只记得付生活费，就算是完成了父亲的责任。妹妹有了离谱过激的行为，似乎想要唤起他的注意；而我则陷入了一片平静，如他一般。

我想，大概那个时候，我就已经为自己建立了一个保护壳，将外界的一切生生切断。我心中积攒着暴风骤雨般的怨恨，变得像他一样冷漠无情，只想缩进自己的保护壳，远离外面那个充满了敌意的世界。爱，也需要学习，而我对这门艺术一窍不通。

父亲去世后，我渐渐原谅了他，大约是突然意识到，他已竭尽所能。正如黑塞曾经说过的那样，男人勇往直前，在人生的道路上随遇而安。是啊，我不应该要求太多，而他也无须为我们俩停下脚步。

“逝者已矣，何必计较太多。”我继续翻看相册，找到了自己的照片，三岁模样，穿着足球队的球服；旁边一张就是妹妹上芭蕾舞课的黑白照片。她那时八岁，正在舞蹈室的横杆上压腿，横杆后是一道长长的镜子。妹妹身后有一排女孩，正努力保持姿势，同时抬头挺胸。

就在这张照片上，我又看见了她。

我胸口一紧，几乎无法呼吸，仿佛一个幽灵从过去飘来——是她——舞蹈室后排就站着吉布瑞拉，正像其他同学一样压腿举臂呈弧形。她和其他的女孩如此不同，其他人拼命保持身体平衡，目光迷离，而她的目光却始终直视照相机镜头。

照片中，她们正望着我。我看到她正爽朗地微笑，似乎压腿练习对她而言毫无痛苦。

我小心翼翼地把照片从相册里取下来，再三确认，这就是我在台阶下遇到的那个女孩，如今依然充满了同样的魅力；这便是我心爱的女孩，虽然她还不知道我的心。

我像个毛头小伙子一样，膜拜着心中的女神，轻轻地吻了吻照片，将它收进了口袋。

# 月台上的世界

来到咖啡馆的时候，我居然有些紧张，很想找个人聊一聊刚才发生的一切，也许维德玛适合作一个倾听者。我和维德玛聊了聊天，话题马上被他拐跑了。

“看到吧台边那个穿黑衣服的男人吗？”他神秘兮兮地说道，用脚指了指咖啡馆里面。

我用余光望去，那个男人一头红发，身穿西装，正在小口地喝啤酒。

“看到了，谁啊？”

“我也不知道，就是想打听打听。”

我还以为他对那个男人发生了兴趣，不料并非如此。

“那个男人很特别。”他补充说道。

“哪里特别？不就是倚着吧台喝啤酒吗？”

“那只是表相，就像月亮总有一面背对着人那样，每个人也都有不为人知的一面，很快就知道了。对了，带表了吗？”

我拉开衣袖，给他看表，维德玛点了点头，表示赞许。

“好，注意观察，那个红头发男人将在 13 点 24 分准点起身，哼着歌出门。”

我看了看表，正好 13 点 21 分。好吧，我心里充满了好奇，天知道维德玛是不是真的能够预测未来。我什么也没说，两个人静静地坐在桌边，紧张地盯着分钟的指针，只有时间能够证明或者否定他的预测。

13点24分到了，红头发男人留下小费，哼着歌走出了咖啡馆。我迷惑不已。

“你怎么知道的？”我问道，“这也是你的棋类游戏之一？”

“当然不是，”他笑了起来，大胡子一颤一颤，“这一回纯粹是靠观察。几个月来，我常常在这里看到他，无论他来得多晚，必定在十七分钟之后准点离开。一分不多，一分不少，我每天计时，就发现了这个奥秘。”

我无语了，不知道这两个人谁更像疯子——计时的人，还是被计时的那个。我问道：“你知道他为什么这么准时吗？”

“我怎么会知道？”他差不多吼了起来，“我是一个物理学家，物理学家的职责就是发现事物的规律。有些东西，天生就很奇怪。如果你注意到了那些规律，就会发现自己是在对一个全新的世界视而不见；当你发现了这一点，并不意味着一切会变得更加美好。”

“就像发现那个十七分钟男人。”

“那都无关紧要。比起我所发现却又希望自己从未发现的真相，那都是些无聊的琐事罢了。”

这话使我想起了《月球的阴影》的前言。这一次，手稿并没有像以往那样摊在桌上，他的椅子底下放着一个背包，估计手稿就在里面。

“你发现了什么？”我问道。

“一切都源于地铁的月台。每个下午我都按照医生的嘱咐，坐在月台上。”

“什么？什么医生？”

“我出了一点事，后来一直在看心理医生，医生没有给我开药，只安排行为治疗。”

“我没听明白，你出事了？”

“嗯。”

维德玛顿了顿，似乎在考虑应该怎么和我说。他想了好一会，终于说道：“我有个亲戚住在智利的蓬塔阿雷纳斯，那是世界上最南端的城市。”

“这和地铁、心理医生有什么关系？”我有些好奇，但又不愿意打断他讲故事。

“以前我在大学里工作，经济比较宽裕，每年都去智利过冬，因为那里正好是夏天。不过还是很冷——毕竟靠近南极圈。那里的自然风光特别好，我一放假就到处去玩，有时候开着车一直开到大道尽头，然后端着照相机徒步走回来。有一次，我和平常一样，一个人出门旅行，走在路上没有留意脚下的山体裂缝，从三十米高的悬崖摔下来。”

“三十米？会没命的。”

“是啊，好在我命大，被树枝挡了几下，压断了几根树枝，落到了地面。”

“你以为……”

“是啊，我以为自己没命了。我当时失去了意识，过了一个多小时才醒过来，发现自己躺在几乎冰冻的河边，手脱臼了，嘴唇干裂得说不出话来，而且根本找不到回去的路，不知道如何爬上悬崖去找我的车，只能沿着河边慢慢走，希望能够看到人烟。我完全忘记了疼痛，沿着冰河走了十五个小时，结果来到了一道大瀑布旁，再往下就没路了。天色渐渐黑了，气温越来越低，降到了差不多零下十度。这样的夜晚会冻死人的，我绝对坚持不到第二天早上。我很害怕——就在这时，我突然发现有一艘救生船在找我，我拼命呼救，但呼救声却被水声完全掩盖了。天黑了下来，我绝望地看着救生船不断漂远，突然想到了一个好办法……”

“什么办法？”我听得很起劲。

“这么简单的办法，我刚开始居然都没有想到。那个时候，我突然想起照相机并没有摔坏，所以我拼命地开闪光灯，他们看到闪光，找到了我。我回家以后，休养了六个月才康复。真奇怪，一路上自救的时候，完全感觉不到疼痛；后来一到医院就不行了，我疼得尖叫不已，他们只好给我打了镇静剂。”

“很正常，”我说道，“紧急情况下，肾上腺素会迫使你专心解决眼前的危机，就像小猫捕鼠那样，全神贯注。不过，这和地铁月台有什么关系？”

“回到巴塞罗那以后，我偶尔会发作急性幽闭恐惧症，就是那个事故的后遗症，心里总是忘不了一个人在悬崖之下的惶惶不安。我必须坐地铁去上班，但却怎么都不敢进去。”

“所以你就去看了心理医生？”

“是啊，她说我不需要吃药，然后替我设计了渐进式的接触式疗程，据说对于恐惧症很有用。这个疗程，顾名思义就是慢慢接触你害怕的东西，让正面印象逐步消除负面印象，从而治疗恐惧症。我的情况就是害怕从悬崖上掉下去，所以治疗程序要我走进地下，在地铁月台上找个旅客们常坐的长凳坐下来。只要这样做就可以了，第一天五分钟，我只能在地底下坚持这么久；后来，能待的时间越来越长，甚至可以一坐半个小时。那天，我搭上地铁去了诊所，亲自告诉心理医生，我好了。”

“皆大欢喜。”

“差一点就皆大欢喜了，那是我第一次看到人们心中的月球阴影。如果我没有留心观察，也许反而会比现在活得更轻松些。”

“你发现了什么？”

“很糟糕的事情。我发现地铁月台上有些人从不上车，只是静静地坐在月台的长凳上，像我先前一样。平时，我也不会留心这样的事情，可是在一个地方坐久了，就免不了会注意到他们。”

“也许他们只是坐在那里蹭暖气而已。”

“不对，那时正是夏天，月台上很热，地铁站的空调根本不管用，没人会坐在那里看风景。”

“那他们在干吗？”

“我也这样问心理医生。我和她说了这个发现以后，你猜她怎么回答？”

“猜不到。”

“她说，‘也许他们和你一样正在接受治疗’。”

## 爱丽丝城市漫游记

回到家，我觉得头晕目眩。维德玛很会讲故事，特别擅长把小故事串起来；更确切地说，是大故事套小故事，打开了无数个左括号，后来却忘了括回来。他讲的每一段经历都富含哲理，层层相扣，不断引出新的故事和论断，几乎以至于无穷。

走进家门，我突然觉得，虽然外面很冷，可我一点都不想把自己关在屋子里。家里没人等我，只有一只小猫和一堆无聊的事情——

泰特斯的写作任务，还有大学里的工作。

我很有些逆反的情绪，干脆把钥匙从门锁上拔出，转身出了门，去威尔第电影院看看有什么好片，什么片都行，只要不是存在主义或者超现实主义之类的东西就行了，今天听够了维德玛的高深理论。

我运气不错，正赶上重播《爱丽丝城市漫游记》。维姆·文德斯拍的电影中，我最喜欢这一部。这是部黑白片，1973 年开拍，那时导演文德斯尚不出名，直到十年后才拍出了《德州巴黎》和《欲望之翼》，最终功成名就。

这是一部不同寻常的公路电影，主人公菲利普·温特是一个德国记者，在美国各地采访，为写书搜集素材。采访花的时间太长，出版商收回了投资，菲利普只好返回德国。回国候机的时候，遇到了一位带着九岁女儿的德国女士。飞机着陆之后，女士却突然消失，将小女孩留给了他，还写了一张纸条，说会在阿姆斯特丹接他们。来到阿姆斯特丹，小女孩的母亲并没有如约出现，菲利普只得租了一辆车，带着爱丽丝穿越德国，寻找小女孩的奶奶——这是她在德国唯一的亲人。小女孩既不记得奶奶的名字，也不记得自己曾经居住过的城市名称，唯一线索就是一张房子的照片。这座房子毫无特色，在德国到处都是。无论如何，他们开始了一场无望的旅行，每到一个城市，就向当地人出示照片，打听房子的消息，却一次次无功而返，钱也渐渐花光了。

走出电影院时，我还有些心情激荡，总觉得自己很像在城市里漫游的爱丽丝；又如同一场海难的幸存者，四下徘徊，寻求一点点温暖。

回家之前我步入一家黎巴嫩餐厅就餐，这一带有许多这类餐厅。我要了半瓶红酒，让自己沉浸在幻想之中，把自己想象成菲利普·温特。我很喜欢这个家伙，至少他有着明确的目标：找到藏在某处的老奶奶，安顿好小女孩，重获自由。相比之下，我的情况复杂得多。

客厅里漆黑一片，只有电话答录机的提示灯一闪一闪，估计又是哪个锲而不舍的推销员打来的，说些劝我换一家电信公司、自来水公司之类的留言。

待会再说吧，我懒得理会电话答录机，开始了往常的睡前仪式，一切都按照既定程序进行：脱掉衣服，换上睡衣；穿着拖鞋去洗澡；洗完澡烧开水准备泡茶，同时把牙刷好；沏好茶，坐在床上喝茶看书，慢慢入睡。一般来说，我读不了四五页就会犯困。

这天晚上却有些不同。我刷完牙，正在等水烧开，顺便来到客厅，按下电话答录机的播放键，看看有什么信息。

答录机传来吉布瑞拉低沉圆润的声音。这段留言让我心里一喜："您好，巴伦博伊姆的唱片刚刚到货，有空请过来看看，好吗？"

## 心之囚徒

"我的袖子里藏着一张王牌，命运即将从此改变。"我兴奋地跳下床。

刚刚早上七点，平时我会在床上多赖一会，享受似睡非睡的感觉。然而这天早上，我却精神充沛，急不可待地开始了新的一天。

我先打开电话答录机，听一遍吉布瑞拉的声音再去洗澡，昨晚睡觉前早已经翻来覆去地听了无数遍，似乎多听一遍就多一份把握，似乎能从冷冰冰的机器里找到灵魂的碎片。

新的一天到来了，她的声音听起来依然那么甜美，就连公事化的语句，也显得那么温柔。可惜这一次只是在谈一个犹太钢琴家的唱片，以后会不同的，别忘了，我的袖子里藏着一张王牌。

无数次重温这一刻，我最终发现，也许我爱上的并不是那个吻本身，而是她的声音。她的声音充满了甜美的气息，当她问我可曾试过蝴蝶的吻时，我已倾心。

轻轻扇动的睫毛，仿佛回音，仿佛恒星爆炸之后漂浮在宇宙之间的光点。恒星走了，星光不灭，永远证明着星星的存在。吉布瑞拉的蝴蝶之吻就是星光，证明了曾经发生过的一切，证明她曾经问过我一个很重要的问题——这个问题既是爱的流露，也是一把利剑，试图穿破我周身的盔甲。

按照黑塞的话来说，那时我便已“破壳而出”，就像新生小鸡刚刚睁开眼睛，谨小慎微。那时，我还不知道有一种奇妙的东西叫作感觉。吉布瑞拉的身姿很有“感觉”，至少很“温柔”。一点点温柔就够了，足以打破灵魂的坚冰。

据说初恋有着神秘的力量，一瞬间的内心惊喜，不敢相信居然有人会选择自己。

也许你总是画地为牢，囚禁着自己，直到某一天，有人敲响了你的门。开不开门呢？也许打开门，却发现外面一个人也没有；也许外面的人久等不开，已经走了；也许有人敲门邀你出去走走，走一条长长的路，足以走完一生；还有一些人，敲敲你的门，只是想知道能不能敲响而已。

上完了一节极其沉闷的德语课，一直到下午都没课，空余的时间我只想去看看她，一秒钟也不愿意耽搁。

来到音像店，还没进门，就看见吉布瑞拉站在橱窗里，正在挂海报，海报上推荐的新唱片大多是古典音乐的时尚演绎。她正好背对着我，我得以尽情欣赏她曼妙的背影，长长的卷发垂下来，披在红色的羊毛衫上；米色的灯芯绒裤子，衬托出修长的双腿，谁也看不出她有三十七岁了。其实，无论那时还是现在，她都比我苗条得多。

她注意到我在看她——我的鼻子都快贴到橱窗玻璃上去了——吃了一惊，但似乎很快又想起了唱片的事情，赶紧从橱窗里走出来，笑呵呵地请我进店。

她翻出巴伦博伊姆的唱片，放在柜台上，问道：

"对了，你家是不是有小孩子在学钢琴？"

"没有，为什么这么说？"

"'无词歌'不是孩子们学钢琴的入门曲嘛。"

"是吗？"我有些不好意思。

"每个学钢琴的孩子都学弹过一两首曲子，我以前练的是那首《纺纱歌》。"

"我没有孩子。"话接晚了，好好的聊天又搞砸了，我怎么老这样，说话做事不合时宜，而且接下来我又做了一件傻事。

我头脑一热，就把口袋里的照片掏了出来，放在柜台上。吉布瑞拉疑惑地望着我，根本没有看照片，不明白我想干什么，为什么摆出一张小女孩上舞蹈课的照片。更奇怪的是，我刚刚才告诉她，我并没有孩子。

事已至此，不能再退缩，我指着照片问道：

"这一排最后那个女生，看看是谁？"

吉布瑞拉轻轻地拿起照片，脸上的表情先是吃惊，转而变成了惊喜。她的眼眶渐渐湿润起来：

“是我。”

## 钢琴课

安德拉斯·希夫演奏《威尼斯船歌》的感觉，就像在音乐厅里演奏一首值得玩味的经典作品。整首乐曲缓慢而颓然，踏板的节奏突出了衰败的感觉。

巴伦博伊姆的曲风则更接近原作的精神，仿佛将你带回到古老的贵族沙龙，富家小姐们正在弹奏着这支曲子，你几乎可以闻到她们衣服上的薰衣草气息，四周一片肃静。

希夫的《威尼斯船歌》多愁善感而又多情，虽然每一个节拍听起来都像是最后的音符。他演奏的第一首无词歌一共花费了 2 分 41 秒，而巴伦博伊姆只花费了 1 分 52 秒，就像练钢琴的小女孩在赶时间，只想早点弹完曲子去喝茶。

我又开始思考，想弄清楚刚刚发生的一切——思考也许只是一种自我保护机制。理解门德尔松的钢琴曲并不难，难的是面对现实。我试图站在局外人的角度，分析刚才那一幕，可是脑子还没想清楚，我又做出了一件匪夷所思的事情。

“送给你吧。”我把照片递给了吉布瑞拉。

“真的？”她很吃惊。

我记得自己点了点头，感觉有些伤心，从此失去了最后一件关于吉布瑞拉的物品，只能一遍遍听着她在电话答录机里的声音，聊解思念。

“留着吧，我妹妹应该不会在意。”

就在这时，奇迹发生了。

“嗯，我请你喝杯咖啡当作感谢，好不好？”

我一直相信，奇迹降临之后，世界会陷入绝对的寂静。听到她的话，我愣住了，过了好一会才意识到她说了什么。我沉默着，不敢相信自己的耳朵，呆呆地不知道该怎么回答才好。吉布瑞拉继续说道：

“明天下午两点，店里休息的时候，我们聚一聚？”

我几乎说不出话来，只好点了点头以作回应，也许还说了一声：“一定来。”

唱片的钱还没付，我笨手笨脚地掏钱，结果满手的硬币撒了一地，吉布瑞拉赶紧过来帮我捡。那一刻，我们俩蹲在柜台下面，面对面，鼻尖的距离只有几厘米，就像三十年前那样。她似乎笑了，却又不像是记起什么的样子，也许只是觉得我手忙脚乱的样子很可笑，也许只是想化解我的尴尬。

硬币都捡起来了，却不够付唱片的钱，我只好掏出纸币来付账，心里不禁为自己的笨拙无措感到羞愧无比，付完钱就逃一般地离开了音像店。

回到家，我把自己关在客厅里，像一只受到了惊吓的小动物。好在还有两位朋友始终陪伴着我：希夫和巴伦博伊姆。三人结伴同行，乘着门德尔松的小船航向未知的远方。

## 月尘

这个星期三早晨和平时不太一样。昨晚辗转反侧，一夜无眠，今天早晨闹钟一响，我便一跃而起。

这回，三岛却没有随着我醒来，依旧蜷在被子上面，呼呼睡得正香。

“不打扰你了，”我说，“换了我是你，也会这样。”

起床洗个澡，换好衣服，以闪电般的速度吃完早饭，我很快就出了门，往地铁站走去，其实根本无需如此匆忙。天气很暖和，可我每走一步都觉得通体生寒，似乎冰冷的感觉从脚心渗进了骨头，我不禁浑身颤抖。

原来我忘了穿鞋，只穿着一双袜子就出了门，走了这么远才发现自己没穿鞋。如果现在回去穿鞋，就会错过九点的文学课；一时也没法买鞋，鞋店十点才开门。我该怎么做？

就在这时,天空暗了下来——恍若日蚀——周围一片寂静,只有我一个人走在路上。突然,耳边响起熟悉的铃声。

我睁开眼睛,发现自己好好地躺在床上,闹钟的铃声响个不停。

关掉闹钟,我才明白,原来刚刚只是做了一个梦。你也有过这样的经历吧,梦见自己醒来,梦里所做的事情,正好是自己要做的事情,然后便一直沉浸在幻觉中,也许还会发生一系列不和谐的事情——在我的梦中,光脚出门,日蚀,还有闹钟铃声,就是如此——这些违和的东西告诉你,一切都是虚幻;好在清醒的时候不会发生这样的事情。

这种感觉真糟糕,好不容易从梦中醒来,又要把梦中的事情重复一遍。

回到现实世界的一个多小时之后,我正好走到学院的顶楼,离上课还有一段时间,干脆找个椅子坐下来,吃着三明治,看看小猫。

外国语学院的屋顶花园里住着一大家子猫——也蛮吵的,要么雌猫叫春,要么雄猫打架,气势汹汹,惹人不快,这绝不是上课前驻足休息的好地方。

今天的文学课要分析几首"具体诗"——这个诗歌流派的诗人从来不写大写字母,就连签名都是小写字母,算是对二战以来占统治地位的美学观念的反击——似乎只要名词不用大写字母开头,就能解决一切社会问题。

上完早上的课，只要再过两个小时，就到了我和吉布瑞拉约会的时间了，我有些坐立不安，漫无目的地往大街上走去，过了大街才意识到应该提前观察下马路的左右两边，多亏刚刚没车，否则必出车祸。

“如果今天突然死于车祸，错过了这次约会，我永远也没法原谅自已。”我自言自语。

我突然发现生命如此珍贵，虽然不知道下一刻会遇到什么，但只要知道有她在身边就足够了，想到这里，我的心颤抖起来，胃里绞痛不止，我几乎无法呼吸。

“平静下来，”我告诉自已，“否则真的会错过约会。”

平静下来并不难，只要及时转移注意力就可以了。时间还早，维德玛也许会在咖啡馆。我想都没想，就往咖啡馆走去。

三张桌子都没人，我依旧坐在中间那张桌子旁边——我喜欢按部就班——点了一杯开胃酒，享受着二月的阳光。

也许维德玛刚刚来过这里，他的月球研究和回忆未来理论一定能让我身心放松，要是他在就好了。就在这时，门口出现了一个熟悉的身影，我不禁乐了。

原来是那个穿黑衣服的男人，维德玛说，他总是在吧台前坐十七分钟就走。

我正无所事事，好奇心起，打算亲自测一测是不是每次都是十七分钟。这时刚好 12 点 43 分，男人在吧台前坐下来，点了一杯啤酒，就把这当作起点，计时开始。

我像个侦探一样小心地观察他的一举一动，不时看看手表。这家伙抿了几口啤酒，翻着体育报，点了一支烟，抽到一半就捻熄了，接着又喝了一小口啤酒，无聊地翻看着报纸。十七分钟快到了，但他似乎丝毫没有离开的意思。

分钟指向竖直的瞬间，急促的电话铃声吓了我一跳，原来是吧台里的电话响了。

服务员不情愿地起身去接电话，黑衣男人留下一枚硬币，迅速离开了吧台，似乎电话铃声惊扰了他的清梦。

“十七分钟。”我确认了一下时间。

不过我还是有些怀疑，如果电话铃声没响，他会不会按时离开。

就在这时，戏剧性的事情发生了，打断了我的猜测。

“您的电话。”服务员走出吧台，把无绳电话递给了我。

我惊呆了，谁会知道我在这里？服务员又是怎么认出我的？他根本不知道我的名字。电话里传来的声音，揭晓了一切奥秘。

“是我，维德玛。”

“是啊，除了你还会有谁。”我自言自语。这很奇怪，他居然把电话打到了酒吧，为何不直接过来坐坐。平时，他中午经常待在这里。

“有事吗？”我问道。

电话那边很嘈杂,他的声音仿佛从遥远的地方飘过来。听到我的问候,他顿了顿,回答道:“有事。”

“什么事?”

“出事了,但是电话里讲不清楚。”

“那干吗打电话过来?”我心里真想这么回答他,但内心深处却又并不希望他挂掉电话,于是说道,“我们下午聊聊吧,你记一下我的电话号码……”

“我说过电话里讲不清楚,”他打断了我,“你住哪里,我来找你。”

我有些犹豫地报出了家庭住址,觉得还是引开话题比较好。

“你的声音听起来很遥远,该不会是跑到月球上去了吧。”

“也可以这么说,”他的声音突然轻松了下来,“虽然登月的时间还没到,但是我随时做好了起飞的准备。”

“月球上的生活怎么样?”对我来说,这个话题比较轻松,“譬如离开地球有什么感受,永生不死的感觉如何?”

“哦,还有一些技术问题需要解决,不过一切皆有可能。”

“你是说登月吗?”

“不是,人类已经实现了登月,相关技术已经成熟了,现在的问题是月尘。”

“月尘?什么意思?”

“陨石撞击月球产生大量粉尘，颗粒细微，到处乱飞，具有极强的腐蚀性，几天时间就能把宇航员携带的仪表盘蚀透，所以目前还没人打算在月球上建宾馆。”

“原来是因为月尘。”

“是啊，月尘会腐蚀一切人类建筑，而且无缝不钻。宇航员们穿着石棉做的宇航服才能抵御得住，石棉真是一种神奇的东西。”

“能不能用石棉来建造房屋呢？”我问道。

“有可能，此外还有缺水的问题。科学家做过很多猜想，但至今都无法证明月球上有冰。用航天器送水上月球太不现实：一升水的成本将超过一瓶法国香槟。唯一的办法就是在地球和月亮之间修建一个庞大的管道系统，可是这样一来，人造卫星就没法环绕了。”

“看来你研究过所有的细节。”

“还不够，还有很多问题有待解决，例如温差。月球上正午可以达到一百摄氏度的高温，而夜间却低至零下两百摄氏度，这个问题也需要好好考虑。”

“为什么不考虑去火星？”我问道，其实我对这些技术问题一点都不懂。

“不可能，火星就是个地狱，温差变化更为剧烈，大气中充满了有毒气体。”

这时，我突然注意到服务员双手交握，站在我跟前说：“不好意思，这部电话只供留言。”

## 天空中的脸庞

从这里去音像店只有不到一百米，还有十五分钟才到约会的时间，我慢悠悠地朝音像店走去。

一路慢慢走就会发现一些平时不大注意的细节：锅里煮着的通心粉散发出的诱人香味，鱼形的小水池，婴儿额前的胎记，还有远处树叶摩擦的声音……只有恋爱中的人才会变得如此敏感。

来到音像店时，还有三分钟时间才到约会时间，但我还是走了进去。

也许我应该在门外等一等，也许在音像店见面会让她有些不自在，吉布瑞拉本来在和别人说话，见到我进来，便招呼道：“在咖啡馆里等我吧，我一会就来。”

“哪个咖啡馆？”

“卡斯巴罗，去过吗？”

“嗯，离这里不远。”

她点了点头，回头继续和一个胖子说话，那个胖子希望在音像店里开辟一个架子，专门陈列巴洛克音乐。

我没有停下来等她，直接出门往著名的卡斯巴罗走去，那个咖啡馆把许多桌子摆在店外，就在拱形回廊下边。

几年前我常去那里，后来突然不去了，连我自己也不知道为什么：你一次又一次来到同一个地方——或者其他某个地方——然后，突然有一天，你就不去了，而且没想着再去。过去就过去了，就像从大脑里删掉了一样。

我已经十多年没去过卡斯巴罗咖啡馆，如今看起来，氛围与过去相比并未改变多少：馆内充斥着一群由于快节奏的生活而早衰的年轻人；一批新冒出来的嬉皮士；还有一些奇奇怪怪、途经此地但不明就里的游客。

天气不算太热，不过正是吃饭的时间，咖啡馆外面的桌子上坐了不少人，各自吃着午餐，显出几分寂寥。

我一直觉得人行道上的咖啡馆很有点一览无余的味道。你坐在那里，假装读书，或者闭目养神、享受阳光，内心深处却渴望着行人的注视。你坐在那里，就像橱窗里的橡皮人，等着别人注意到你的与众不同，这种“特殊”气质——其实是我们的幻觉——把你和周围的普通人区别开来。

也许你内心真正的渴望是有一个你喜欢的人会主动走上前来，坐在你身边。说实话，如果真想一个人待着，干吗不待在家里——在家里绝对没人打扰。

我在柱子旁边的角落里找了一张空桌子坐下来，摆出合适的姿态，就像男人第一次约会，正在等待爱人的到来。我有些神情恍惚，很难装出自然无拘的样子，于是要了一杯咖啡，抬头看天。两朵蓬松的云团渐渐融到一起，就像一大片白色的络腮胡子。

我望天而坐，等了好一会，仿佛来咖啡馆的本意就是欣赏云起云落。等我收了神游天外的心绪——这么做，仅仅是为了避免自己内心陷入焦躁，无意间看了看手表，突然发现已经快两点半了。

“看来她今天不会来了。”我故作镇静，内心却开始翻江倒海。

我深知这意味着什么，难道此生与吉布瑞拉无缘，连最后一丝幻想也不肯留给我。她没有来，是否意味着从此所有的大门为我关阖，我将再次囚禁在心的监牢，无法逃脱。

正当我自怨自艾的时候，她的身影出现了，走进广场正向我走来。那一刻，她的脚步仿佛带着光，不像踏在地面，而像踩在云中。一身绿色的羊毛裙紧紧包裹着她曼妙的身躯。她来到桌前，微风拂起一绺卷发，落在唇边。她扬手拂开发丝，说道：

“对不起，久等了。”

说着便坐了下来，就坐在我对面。我身边也有一把椅子，不过第一次约会就坐在一起，显得太亲密了，至少我当时这么想。

“哦，没关系，我正在观察天空中的云。”

“又说错话了。”我暗暗痛恨自己。既已开头，只能硬着头皮接下去。我继续说道，“刚刚等你的时候，我看到两朵云合到一起，就像天空长出了一圈络腮胡子。”

吉布瑞拉用一种看怪胎的眼神望着我，深吸了一口气，突然提高了声调，严肃地问道：“你到底要怎么样？我根本就不认识你。”

我惊呆了，原本计划先和她好好聊聊，如果气氛好的话再表白。她一席话说出来，气氛全变了。我成了等待判决的罪犯，一点证据都没有就要被判刑。

“嗯，”我逼着自己保持镇定，“我找到了一张你小时候的照片，送给了你，你请我喝咖啡，一切就这么简单，不是吗？”

“没错，可我不明白你为什么要送来这张照片。的确很巧，我和你妹妹一起上过舞蹈课，但和你有什么关系？谁家的照片集里都有恰好拍到别人侧影的照片，可是有谁会费心寻找照片上的旁人。”

“该死，”我心想，“她就不能放我一马。”我必须赶紧拿出做教师的本事，好言相劝，把她留下来；如果她起身就走，一切希望都没了。

“请给我两分钟，听我细细道来。我们六七岁时见过面，还发生了一件很有趣的小事，也许你不记得了，但是照片上这个小女孩却一直铭刻在我的记忆中。后来过红绿灯的时候，我一下子就认出了你，觉得缘分太奇妙了。你知道，过了三十多年还能认出一个人，本来就是一件很不寻常的事情。而且那时候，你还看了我两眼，第一次是过马路的时候，第二次是在人行道上，你回头看了我一眼才走，我还以为你记起了什么。”

“没错，我的确多看了你一眼，”她很坦诚，抬头拂了拂头发，“不是因为记起了什么往事，只不过觉得很奇怪，居然有人穿着睡衣在大街上行走。”

“你怎么注意到我穿着睡衣？”我很尴尬，“我在外面套了长衣长裤。”

吉布瑞拉笑了，这是相遇以来她第一次对我微笑：“很明显啊，你的外套没扣扣子，我忍不住又回头看了你一眼。”

“原来是我自作多情，”我有些失望，“可是照片证明，你就是我记得的那个小朋友，就算你不记得了，也不能否认这一点。”

“没错，可是有什么意义呢？三十年，人长大了，一切都变了，大家也相互遗忘了。如果不懂得遗忘，生活还怎么过得下去，是不是？”

我十几岁以后就再没有哭过，但是听到她的话，却突然有一种想哭的感觉。我只想尽快结束这场约会，免得说出让自己后悔的话来，然而吉布瑞拉接下来的话，又给了我一个深深的打击：

“你一定是太孤独了，才会把这么久远的事情都翻出来。”

我伸手召唤服务员结账，想要尽快结束谈话，给自己留点面子，但是却无人理会。

吉布瑞拉有些担忧地望着我，似乎突然意识到她的话伤害了我。我已被伤得体无完肤，绝不能再允许自己承受她的同情。我站起身来，把钱留在桌边，对她说：

“对不起，打扰你了。”

就这样，我带着三十年的爱恋，离开了那里。

## 佛的慰藉

伤口很深，我需要找个地方，静静地舔伤口，免得流血不止。回到家，我下定了决心，一切都过去了，别再胡思乱想。威尼斯的小船随便往哪里划，我可没有兴趣听那些无言的歌。

我的心突然变得坚硬起来。我怒气冲冲地上了阁楼，打算埋身写作，这一章的内容特别应景，题目就叫作“孤独的宝藏”。

我为这个主题搜集资料，找到了两本美国人写的书，书名分别是《一个人的晚会：孤独者宣言》和《庆祝独处：辉煌的孤独传说》，很受启发。真奇怪，有时候这类书也大有用处，甚至可以称得上必需品。

第一本书提到了不少著名的孤独者，例如牛顿。此外还有米开朗基罗，就算他“一直没法融入合唱团”，却依然在艺术上大获成功。第二本书更注重分析孤独带来的好处，我也记下来几条，以备后用。

这是新千年的主要生活方式

孤独使你独立思考，作出决策

孤独给你带来更多自由

时间都是自己的

孤独帮你寻找生命的意义

孤独中更接近自我与神圣

我停下了笔，心情有些抑郁。按上面所说的那样做，简直就像把自己活埋一样。我刚刚才试着接触外面的世界，难道要再次把自己封闭起来吗？就算失去了吉布瑞拉的爱，也不必重新穿上修道者的长袍。

"外面的世界很精彩，"我想，"虽然一时还难以捉摸。"

想到这里，心情好多了。我做了一顿晚餐，又给三岛喂了新鲜的食物和水。吃过饭，我像往常一样，一边听收音机，一边洗碗……就算曾经过的是修道士般的生活，心里却很想走出自己的城堡。

我下定了决心，就算再困难也要忘掉吉布瑞拉带来的希望，开辟新的道路，无论这条路走向何方。至于孤独的宝藏，就留给那些厌世的人们去吧，而我的精彩人生才刚刚开始。

我带着一本能够治愈心灵的佛经上了床，入睡前随便翻开一页读了读，顿时身心舒畅。佛祖说：

让我们站起来，感激身边的一切，

即使今天没学到很多的东西，至少学到了一点点。

即使一点点也没学到，至少我们没有生病。

即使生病了，至少我们还活着。

所以，请让我们感激身边的一切吧。

# 造词

## 夜访

几天过去了，什么事也没发生。我等着维德玛上门拜访，但久等不见人影。这几天我常去咖啡馆，却一直都没有遇到他，他似乎凭空消失了。

我给泰特斯打过一两个电话，每次都是一个模式：他说自己正在康复，虽然恢复得比较慢，但总会好起来，接着问我阿玛菲的书写得怎么样了，我稍稍夸大了写作进展，免得他担心，然后趁他来不及问吉布瑞拉的事情，赶紧道别，说下次再聊。

泰特斯是个老狐狸，猜到了我的计划进展得不顺利。他后来这样对我说：

“塞缪尔，别灰心。任何事情都不会一次成功。”

“什么意思？”我反问道。

“最重要的是热爱生活，弗洛伊德曾经说过，爱使人远离病痛。”

听到一个身患绝症的人这么说，我很震惊，也许这正是他如此乐观的原因。

谈话结束的时候，泰特斯说了一句听起来有些武断的话，但我牢记于心。他说：

“再见，塞缪尔。记住，一切都不是偶然。”

扔掉那些浪漫的幻想，我重新投入每天的日常工作。文学课已经讲完了黑塞部分，接下来的一节课要讲布莱希特——德国社会主义思想的精神支柱。再接下来，二月份将会有一场考试，每次考完都会有学生来我办公室哭诉。

星期三晚上，我正在准备有关布莱希特的课程。在整理布莱希特的戏剧列表时，我突然产生了奇特的预感，感觉到有些事情发生了变化。我也不知道为什么会做出这样的判断，虽然这种预感一闪而逝，但却令人记忆深刻。

预言告诉我：不要相信现状，无论能否听到风声，暴风雨正如约而至，别忘了带好雨衣。

睡觉的时候，我又想起了另外一件事情：新书才写了几十页，阿玛菲这个化身正在渐渐夺走我的理性。我得赶在完全失去自我理性之前，赶紧把书写完。

最近几个星期一直没想过那个可怜的日本人，但是看到三岛缩在被子里，不知不觉又想起了那篇报道。我以为自己已经摆脱了那样的命运，原来一切照旧。诗人用小写字母书写的爱，如今却在何方？我思考着答案，沉入了梦乡。

刺耳的铃声惊醒了梦中人，我睡眼蒙眬地爬起来，过了好一会才确信不是在做梦。门铃响了。单元门外有人在拼命按对讲机。

我看了看电子钟，凌晨三点。我气坏了，狠狠地诅咒那些讨厌的醉鬼。酒吧刚刚关门，他们无处可去，到处乱来，扰人清梦。这个时候，只有疯子和醉鬼才会按门铃。

门铃响起第三遍，看来不是按错了门，也不像是恶作剧，我只得过去看看，到底是谁。

我拖着软绵绵的双腿，往门廊走去，心里搜刮着最恶毒的词汇，打算回敬按门铃的醉鬼。当然也可能有人找我，但我却不愿多想，结果走到门口才发现，居然真的是找我。

"是我，维德玛，"外面的人说道，"我需要帮助。"

## 躲藏

维德玛走上楼梯，神情忿忿。他未曾开口，先搁下了一个神秘的金属盒子、一个大帆布包，还有他用来装手稿的背包。

我打开走道上的灯，请他到客厅里休息。我认为正是半梦半醒的状态抑制了自己生气发火的冲动。说起来，我们俩并不熟，而且我明天早上还有课；但是反过来想一想，他深夜拜访，一定是出了大事。

我正要打开客厅的灯，维德玛却瘫软在沙发上说道：

“别开灯。”

说完就自顾自地点了一支烟。这是我第一次见他抽烟。

我去厨房找烟灰缸。一抬头看到窗外的月球正被云层遮蔽，四周笼罩在一片罕有的寂静之中。时间仿佛凝滞，等待着维德玛说明来意。

我把烟灰缸递给他，坐在他对面的扶手椅上，客厅里一片漆黑。在黑暗中与一个脸都看不清的人谈话，真有些令人不安。他连帽子都没摘，我只能看清他的轮廓。他深深地吸了一口香烟，烟火稍稍照亮了他的脸。这时，他开口说道：

“塞缪尔，说实话，我无处可去了。”

“开场白不错。”我心想。

“我租了房子，拖欠了一些房租，房东原本也能理解，但是后来发生了一场火灾，她很不高兴，勒令我三天之内离开。今天就是最后一天。”

“火灾？”我心里一紧，维德玛在烟灰缸上磕了磕烟头。

“有人在我门口放火，要把房子全烧了——放心，手稿还在。”

“手稿？”我不明白，“你认为他们放火烧楼就是为了烧掉手稿？”

“顺便把我烧死，他们知道我有一些特殊的发现，一直想干掉我，所以我让你别开灯。如果有人发现我在这里就糟了，这也是为你的安全着想。”

这时，三岛跳上了维德玛的膝盖，爪尖挠着他的脑袋，显然很不欢迎这位客人。我也一样，不想卷进任何麻烦。也许他有被害妄想症，总以为有人在迫害他，就因为他能像下棋一样预测未来。不管怎么说，大清早带着一堆东西来投奔我，真叫人烦恼。

“现在有什么打算？”

“找个地方躲起来，避避风头。我不想给你带来危险，今天借地休息一晚，明天就走。”

“你想找个地方躲起来？”

“没错，也是为了让自己静一静，最近有点冒进。”

一个疯狂的念头在我的脑袋里晃来晃去，逼着我开口。我家只有一个房间，维德玛待在这里睡沙发，会很不舒服，但还有另外一个选择。我盯着天花板，下定了决心，说道：“我有楼上房间的钥匙，那里现在没人，如果你只是借住几天，主人应该不会在意。”

“空的？”维德玛问道，耳朵都竖了起来。

“嗯,房主是位老作家,因心脏病发作住了院,把钥匙留给了我,要我帮他写一本书。不过,我也可以在自己的电脑上写。”

“什么书?”

“很普通的励志书,没什么意思,书名叫《大城小爱》。你瞧,我也有不为人知的阴暗面,也会替人做这种无聊的事情。”

“我们都一样。”他突然兴奋起来,“我们有义务去找寻并探索阴暗面,虽然这段历程有点惊险。”

“是啊,你就是活生生的例子。”我边说边打了个哈欠。

希望他看懂了我的暗示,早点去睡,但维德玛反而精神了起来,又开始宣扬他的理论,他说:

“在美苏太空竞赛开始前,人们对月球背面有着各种遐想。环月卫星就像人的眼睛,永远只能看到月球的一面,而背面始终是一个秘密。所以说,第一张全景照片是一个伟大的创举,但结果也很令人失望。”

“他们以为能在月球背面找到什么?”

“他们以为月球上有居民,躲在背面的阴影里,生怕被扰乱了平静的生活。不过,现在科学家们已经确定了,月球上什么都没有。”

“那为什么还拼命拍摄月球影像,并试图登月?”

“人人都想登月。”他补充说道,“人类的好奇心没有止境,风险再大也要继续探索。你还是别多问了,知道得越多,危险越大,相信我。”

“你在手稿里就是这么写的吗？”

“是的，手稿上记录了我探索月球奥秘的整个过程，包括太空任务的内外矛盾，月球定居的可能性和预计日期，以及永生不死……什么都有。不过，这些都是准备工作，我花了不少时间才弄明白一个真理：月球的背面就是人类灵魂的写照。别管什么美苏太空竞赛，和我这些发现比起来，那简直就像是小孩子的玩意。”

## 小猫的下午茶

半夜起来听人长篇大论，我困死了。维德玛从月亮和灵魂又讲到那些“月台上的病人”。

“谁知道是不是他们放火，真不该叫我发现了他们一直坐在月台上却不上车的秘密。”他说。

我叫他不要多想，因为我认为不可能有人愿意踏入这样一个可怜人的生活中。我告诉他，火灾的事情没那么复杂，也许有人——甚至有可能是他自己——不小心在门口扔了一个烟头，点燃了门垫，引起了呛人的浓烟。

这种猜测很符合逻辑，虽然很多事情不一定能找到真正的原因，但有个解释至少能充当安慰，让我们安心上床睡觉。

维德玛带着行李去了泰特斯的房子，我们约好明晚再会。与此同时，我却得克服倦意，打起精神想办法去对付那群懒惰的学生，他们中的很多人现在连课都不来上了，美其名曰专心准备考试。

十字路口的咖啡馆已成往事，中午休息的时候，我一路走到了兽医诊所。三岛的保健手册告诉我，又到了打第二针的时候，所以我过来问问玛丽斯尔，什么时候方便把小家伙带过来打针。

“今天下午，我正好要去你家附近上门问诊，”她说，“需要的话，我可以顺便过来——这样你就不需要带着小猫出门了。这次不收上门费了，行吗？”

看来她对我颇有好感，小猫的事情只是个借口而已：我可以事先准备好巧克力和蛋糕，请她喝个下午茶，应该不会拒绝吧。但表面工程还是要做——兽医美女很害羞，绝对不会承认自己是来约会的。想到这里，我说道：“太好了，不过千万别告诉我几点过来，要不然我一动手做准备，三岛就会躲起来。”

“想法不错。”她朝我眨了眨眼睛，转身走进了诊疗室。

下午四点还有课，我回到学院办公楼，打算先吃点东西。外国语学院餐吧的位置和结构类似于在地下挖的一个洞，在里面待着并不让人感觉舒适，但我挺喜欢在这里坐坐。

“我有社交生活了。”我一边心满意足地告诉自己，一边吃掉了今天第二个肉松面包。

自从三岛来到我家，我的生活里就多了各种不同的朋友：老作家、维德玛，还有玛丽斯尔。他们对我各有所求，小猫需要主人；老作家泰特斯需要找人替他写书；维德玛需要找人半夜聊天，驱散恐惧；至于兽医小姐，也许只是需要一点点友谊。

我特意漏掉了一个人，不愿意老想着她。瞧瞧，这么多人都需要我，这在以前简直不可想象。我第一次意识到，人生的价值是可以衡量的，只要看看我们为别人做了哪些好事就可以了。

## 不学之学

回家前，我想先去楼上看看是否一切安好。我把耳朵贴在门上，但是里面毫无动静。维德玛也许还在睡觉。白天呼呼大睡，补充精力，晚上才能和我侃大山。

下午要和兽医小姐一起喝茶，想起来就兴奋，我都忘了不能让小猫知道这事。不过，小家伙注意到我拎着薄饼回家，似乎意识到了什么，一溜烟就不见了。这回，我都懒得去找它。

我把薄饼放在厨房的桌子上，旁边还有些可可粉，我拌上苏打煮了点热巧克力。还有一个小时无事可干，我坐在沙发上，捧着辞典读起来，想着重温下那些难以翻译的词汇。

翻过来看到一个熟悉的词条：达摩。上面写道：

> 宇宙之大，我的位置在哪里？人的一生应该怎样度过？怎样才能找到这些问题的正确答案？世界的精神传统，来自人类寻找答案的冲动。

我这段时间正在用阿玛菲之名写书，习惯了轻松跳读这一类书。我翻看着辞典，有意忽略掉那些充满哲理的描述以及对于印度教宇宙观的介绍，直接翻到了介绍凯鲁亚特小说的部分。我几年前读过凯鲁亚特的小说《达摩流浪者》，他可是美国“垮掉的一代”的代言人。辞典作者估计也曾深受启发，在辞典里这样写道：

> 寻找合适的修行方法，按照内心的佛法去做，并不意味着盲目接受某个神灵或者教义，而是相信，以正确的方式生活即启示众生。这种观点认为，每一个人都能以其独特的方式窥见真理的本质。

单元门对讲机的铃声响起，打断了我的阅读。玛丽斯尔来了。很好，不用考虑是不是维德玛，他占了老先生的地盘，自己有钥匙，而且我觉得这几天他没有那么大的胆子,随便离开小窝。

房门的门铃响了,我靠在墙边,等她进来。兽医小姐提着药箱走进我的家门,神情愉悦。我注意到她化了淡妆,短发上抹了发胶。其实天生靓丽的女孩子,真不该使用那些人工添加剂。

我用了一个笑话里的说法作为欢迎辞。

“我有两则消息:好消息和坏消息。你想先听哪一个?”

“坏消息——坏事总是先到。”她笑了。

“小猫不见了,又躲起来了。”

“没关系,又不是世界末日。那么好消息呢?”

“我煮了点热巧克力,还有薄饼。”

“可惜我对巧克力过敏。我就随便坐一坐,休息一会,刚刚累坏了。”

说完她就坐在了维德玛昨晚发表长篇大论时坐的那张沙发上,三岛也在上面睡过觉,不知道这张沙发有什么特殊的魔力。

我一边加热牛奶巧克力,一边看看美丽的兽医小姐在做什么。她顺了几次头发,打量着我家客厅,似乎觉得这里很舒服,神情似有期待。说真的,我实在不知道,她怎么会看上我。

我端来饮品和蛋糕,然后把自己的扶手椅拖到茶几前坐下来。本来可以坐在她身边——沙发足够两个人坐——但是这样做风险很大。如果我会错了意,如果玛丽斯尔并没有什么想法,那坐得太近会让她很尴尬。反过来说，倘若她真的一时眼拙看中了我，聊天的时候两个人肯定越靠越近，我再挑个合适的时机，搂上她的肩膀。那样的话，什么事情都有可能发生。

最终的结论就是：我应当坐在扶手椅上静观其变，就当和好朋友一起喝杯咖啡，不要期待太多。

“我也一个人住，”她接过我手里的橙汁，“先前一直与人合租，但是现在很需要有一点自己的空间。”

“我以前也这样觉得，”我承认道，“不过今年年初开始，发生了很多事情，生活突然变得复杂起来。”

“什么意思？”

我本想和她说说，许多琐事怎样一点点改变了我的生活，但又怕她觉得无聊，生生停了下来。

“生活是一种喧嚣的孤独，就像赫拉巴尔的小说里所写的那样。”

“赫拉巴尔是谁？”

“捷克作家。对不起，职业习惯，总喜欢引用出处，很傻吧。”

“不会啊，”玛丽斯尔答道，“你知道的可真多。”

“怎么说呢，有时候知道太多也不是好事，维德玛就是个例子。”

“维德玛是谁？”

“你以后就知道了。”

“谁知道是不是你编出来的人物，谁都不认识。”

“嗯。佛曰，知识如同木筏，可将人渡至彼岸，但当人到达目的地后，却再无用处。你明白我的意思吗？”

“你又在引用了，引用佛经解释自己的想法。”

“你瞧，我都无可救药了。我就是这个意思：必须忘掉所学才能再次成为一个正常人。文化就像背景杂音，并不能让我们看懂生活的本质。文化不能让人快乐，我宁愿做一个傻瓜。聪明的农夫也知道何时下雨，何时天晴，我真想像他一样。”

“我哥哥在贝尔加有个农场，”她的话里带着讽喻，“你要想当农夫，可以找他借锄头。”

“我倒真需要‘当头一锄’，说不定能够清醒过来。”

就在这时，电话铃声响了，打断了我们饶有趣味的谈话。其实，我自己都不知道为什么会说那些话，但是我的客人似乎很开心，于是我说道：“不接电话，绝对不接！拒绝一切背景杂音的干扰。”

电话铃响了三声，答录机自动开始录音。我一听，惊得把热巧克力都洒到了羊毛衫上。

塞缪尔，上周的事情真对不起。我这样做，对你很不公平，能原谅我吗？有很多事情你都不知道，事实上，你根本不知道我发生了什么事情，你什么都不知道哦。

她的声音有点嘶哑，说到这里停了下来，电话断掉了。

我感觉心情很沉重，拼命想要忘掉刚刚听到的一切，接着聊天。玛丽斯尔也有些不自在，远不像刚坐上沙发时那样轻松自如，也许觉得不该听到这么私人的电话录音，感觉就像做了别人的备胎，任何女人都无法接受这一点。

我不敢多想，继续说道：

“正如我所说，难得宁静。”

电话铃又响了，打破了我和玛丽斯尔之间稍稍恢复的轻松氛围。这回，我什么都不敢说，也不敢伸手去接电话，只能蜷缩在扶手椅上，就像一只拔了毛的小鸡。

还是吉布瑞拉的电话，总算把刚才的话讲完了：

我的意思是，如果你不生气的话，我很想再见见你。我们还可以做朋友，我一定乖乖的，不乱说话，我保证，好不好？我的电话号码是……

录音还没结束，玛丽斯尔已经从沙发上站了起来，拎起手提包和大衣，向我道别：

“时间不早了，我该走了。”

我把她送到门口，内心一片混乱，不知道该怎么和她道别。她望着我，说道："你说的没错，生活真是充满喧嚣的孤独，再会。"

## 主旨

晚上，维德玛并没有如约而来，我也没有去楼上找他。在我看来，他就像三岛一样不可捉摸。

早早躺在床上，我回顾着今天发生的一切，竟发现了一个有趣的结论：每一天都能让人产生大不相同的感受，德语中把这种感受称为"主旨"，意思就是主导的动机。

有时，我们会突然觉得事事不顺心，动辄得咎，只好打趣说"肯定是早上起床撞晕了头"，或是"早知道就不要起床算了"。这话也许并没有说错，如果这一天的"主旨"就是"经历痛苦"，那不管我们多么努力也没用。

换了另一天，"主旨"变成了"我很生气"，结果就会莫名其妙地对所有人发脾气，觉得人人都对不起自己，怎么控制自己都没用，等到这一天过去了，一切自然就好了。如果这一天情绪很糟糕，什么事情都做不好，那就不要做出太偏激的事情，免得事后悔恨。最谨慎的做法就是安安静静地坐下来把糟糕的一天熬过去，到了第二天，一切都会好起来。这样的日子，谁都有过。

睡着前，我总算想明白了，今天的主旨就是“我想和你在一起”。

独身的时候，有人表白似乎是件好事，但如果你并没有做好心理准备，好事反而变成了尴尬。接受别人的爱并不是一件容易的事情，至少比接受怨恨要艰难得多。受到伤害尚可反击，可是如果有人向你敞开心扉，述说爱意时，你该怎么做呢？船到岸了就上岸，爱情到来了，却需要学习如何被爱。

人生的终极佛法奥义，就是学会爱与被爱。

上床之前，我一直在想，玛丽斯尔真是个好姑娘，愿意和我共进下午茶，听我说一些痴痴傻傻的闲话。其实我们挺有共同语言，可惜告别得匆忙了些。闲聊的时候气氛真好，可以畅所欲言，无所顾忌，算得上心有灵犀。

那么吉布瑞拉呢？为什么专挑这个时间给我打电话？

她仿佛看到了我家里的一幕，仿佛知道我要和别人约会，仿佛想要夺走我的幸福，扫清障碍，让我再次为她神魂颠倒。为什么要这样做？这样做对她有什么好处？

我原本可以和玛丽斯尔慢慢开始一段感情……开开玩笑，讲讲笑话，然后告白，拒绝，再拒绝，再告白……两个人在一起，并不难。

谁知第一次喝茶就出了状况，今后只怕连朋友都没法做了。

我害怕被爱，这或许源于多年独身的生活。这样一想，就能理解为什么吉布瑞拉在我们的第一次约会时，直接拒绝了我。

这是一堂珍贵的课程，我从中明白了一个道理：无论如何，生活并不简单。

## 让明白的人来告诉那些不明白的人

我精心准备了一堂介绍布莱希特的入门课，不料学生们并不积极。这年头，道德说教不吃香了，而布莱希特偏偏又是一个很喜欢讲求道德主义的作家。

我特别喜欢布莱希特戏剧的名称，例如《高加索灰阑记》、《四川好人》等。鉴于学生们对他的生平不太感兴趣，我将主要精力用于介绍《四川好人》，这部戏剧正是体现其道德思想的代表作。

戏剧开场时，三个神仙聚在一起讨论，一个好人能否在这个自私的世界里活下去。他们挑中沈黛做了一个实验。沈黛是一个妓女，住在四川。某天夜晚，三个神仙曾云游到此，到处借宿却无人肯收留，只有好心的沈黛让他们进屋休息。神仙们借宿一夜，留下了不少银两，沈黛用这些钱开了一家杂货店，为街坊邻居服务，尽其所能地帮助别人。然而，她的善心义举非但得不到好报，反而使杂货店难以为继。

吃一堑长一智，她改头换面，男扮女装，以表兄隋大的身份重新经营店铺。隋大待人苛刻，处事精明。乡民对他很是畏惧，大家开始怀念起好人沈黛，不知道她现在怎么样了。这时，沈黛摘下面具，表明了身份，大家都为她的聪慧而惊讶不已。

故事的核心问题在于，做一个好人，是不是总要先伪装成坏人。

说到这里，有一个学生举手要求发言。这是我第一次在课堂上见到这位学生，我以为他会谈一谈善良、恐惧之类的问题，没想到他提了一个非常无足轻重的问题："真的有'四川'这个地方吗？"

很多听课的学生笑出了声，这个问题太没水平了。然而笑声中也含有幸灾乐祸的味道，如果我答不出来，正好看我笑话，多亏我突然想起了一些相关的内容介绍。

"'四川'的确存在，现在的统一拼法是'Sichuan'，而不再是布莱希特笔下的'Sezuan'了。四川是大熊猫的栖息地，我曾经看过一部相关的纪录片。"

全班哄堂大笑。

"笑什么？"我有些不快，将话题转回文学。

"故事发生在四川还是撒马尔罕都不重要，布莱希特讲了一个关于善良的寓言，你们应该知道寓言是什么吧？"

戴黑框眼镜的女孩马上回答了我的提问：

"寓言是一种内涵丰富的故事形式，例如《新约》。"

"说得好，其实当代作家也喜欢写寓言故事。德国马克思主义哲学家阿多诺认为，卡夫卡的叙事，尤其是《城堡》这部小说，就主要运用了寓言手法。”

“阿多诺这个名字，听起来很像‘糯米’，”先前举手插话的学生又说道，“德国人也有叫阿多诺的？”

我忽略掉这位学生和他的问题，按照课程安排，继续讲道：

“然而，《四川好人》并不像圣经故事那样简洁、富于格言意味，也不像卡夫卡小说那样悲观，而是提出问题，引人思索各种困境。从这个意义上来说，这部戏剧更像纳斯鲁丁的故事，有人听说过吗？”

“听说过苏菲派。”戴眼镜的女学生答道。

“很好，这个回答可以得 A。正如你所说的，伊斯兰教苏菲派流传着不少贤者纳斯鲁丁的故事，内涵非常丰富。其中有一个故事我特别喜欢，想听吗？”

台下无人回答，这种气氛特别适合讲中东历史故事，于是我继续说道：

“纳斯鲁丁来到一个小村庄，人人都认为他是一个智者，对他推崇备至。他不愿意欺骗听众的感情，于是张开双臂，向人群说道：

‘既已来此，你们应当明白我想说些什么。’

听众答道：‘不明白！你到底想说什么？我们不知道，说清楚！’

纳斯鲁丁说道：‘如果你们来到这里听我演讲，却不明白自己想听什么，那便说明你们还没有做好准备来听我的演讲。’

说着，他站起来，转身离开。听众惊呆了，以为他是个疯子，只有一个人叹道：

‘太有智慧了！他说得没错，我们连自己想听什么都不知道，还来这里听什么？我们太愚蠢了，生生错失了一个好机会。他的话多么启迪人心，多么富有智慧！我们赶紧追上去，请他再做一场演讲吧。’

许多人转头去找纳斯鲁丁，请他回来再做一次演讲，都说他的思想太博大精深，一场演讲还不够。在众人坚持之下，纳斯鲁丁又回到了小村庄，这回听众多了一倍，翘首等待他发言。

望着人群，他再次说道：

‘既已来此，你们应当明白我想说些什么。’

听众们汲取上次的教训，都点了点头，有人大声说道：‘是的，我们就是为此而来。’

听到这话，纳斯鲁丁低下头说道：‘既然你们已经明白我要说什么，我也就不必重复了。’

说着，他走出广场，转头离去。听众惊呆了，有个拥护者大声喊道：‘太棒了！了不起啊！我们还想再多听一点您的教诲！再和我们多分享一点智慧吧！’

官员代表再次找到纳斯鲁丁，跪下来乞求他作第三次演讲。纳斯鲁丁很不情愿，但他们再三哀求，纳斯鲁丁只好同意再讲一场，也是最后一场。纳斯鲁丁回到广场，人群大声欢呼，他不为所动，依旧说道：

‘既已来此，你们应当明白我想说些什么。’

这一回，听众们派了一位代表来回答他，说道：‘有些人明白，有些人不明白。’

‘那样的话，就让明白的人来告诉那些不明白的人吧。’

说完，他便离开了。”

## 满意

纳斯鲁丁的故事使得文学课精彩收尾。这真是个精彩的故事，难怪这些口头文学能够从古至今流传几百年。

下午还有头两节课，所以我决定先四处逛逛，晒晒太阳。穿过大学广场便来到了拉瓦区，我途经一家俄罗斯人开的书店，然后继续朝埃及西亚大街走去。

我特别喜欢在这几条街上散步，主要是喜欢街名。

曾经的某个中午与维德玛在此偶遇，但事已久远，我心里若有所失，在街上逛来逛去，始终没有停下脚步。我打定了主意，既不去马赛酒吧，也不到兰布拉大道凑热闹。

说真的，土生土长的巴塞罗那人都不会想去这两个游客扎堆的地方。

走着走着又回到了起点，我换了一条路，继续往前走，见到了不少没去过的小商店和咖啡馆：一个印度甜品店，一家高档餐厅，一个小家电商店……漫无目的地走了一个小时，还是来到了拉瓦区的兰布拉大街，我在一棵棕榈树下坐了下来，打算休息一会。

"瞧你晕的，"我暗想，"转得晕头转向，结果又绕回来了。"

看看手表，两点半了，吉布瑞拉应该正在回家的路上，或许也和我一样在街上逛。她留了电话号码，应该很容易找到她。问题在于，我应该给她打电话吗？也许她给我打电话只是一时冲动，一热一冷，捉摸不定，不知道这回会不会又是冷言冷语？

就在这时，两个巴基斯坦男人手牵着手，从我跟前经过。在他们的国家，两个男人手牵手，并没有其他的意味，好朋友之间经常如此。

这一幕看起来很温馨，我打定主意，伸手从口袋里掏出硬币，又展开那张记着电话号码的小纸条，在公用电话亭给她打起了电话。经历过一波又一波的打击之后，我的心似乎也变得坚韧起来，听着电话里的拨号音等她接电话的时候，居然一点也不紧张。那边传来了她的声音：

"你好。"

听到她的声音，我完全失去了刚才的淡定。这一刻，就算眼前阻隔着燃烧的火焰，也无法阻止我向她靠近。但是，我一再告诫自己，保持距离。

“我是塞缪尔。”

“你好，塞缪尔，你在哪里？”

“无处不在，却又无处可在。按照年轻人的说法，正在打发时间。”

“原来是打发时间，那……”她的声音很温和，像是在和孩子说话，“时间很多吗？”

“消遣零散时间而已。”

“我在床上，正要睡觉。”

这一刻，我的脑海里勾勒出吉布瑞拉的模样，长发披在枕上，如盛开的花朵。我几乎有些失控，赶紧停止胡思乱想。公用电话的绿色液晶屏上开始倒计时，显示剩余通话秒数。

“时间不多了，”我说道，“电话费快没了，我就想问一句话，什么时间什么地点见面？”

“明天六点，卡卢见。”

“这个地方没听说过，能否把名字再说一遍？”

“想一想天堂吧。”

电话断掉了，我还是没有弄清楚会面的地方，但是心却安定了下来。我斜靠着棕榈树，就像吉布瑞拉曾经说过的那样。

我凝视着天空，世界突然变得很有意义：孩子们的叫声不再觉得吵闹，而是最纯粹的生命状态；冷风也不再像刀割一样，而更像清凉的抚慰。

我又看了一眼记着电话号码的小纸条，看着九位电话号码旁边的名字“吉布瑞拉”，心中欢喜不已。

把小纸条翻过来，突然发现原来自己顺手记号码的这张纸背面，印着布莱希特的诗歌《满足》。本来复印了这首诗歌，打算抄在黑板上，进行课堂讨论。现在看起来，还是不要作课堂讨论为好。诗歌非常简单，无须多做分析评论。

早晨起床，第一眼望向窗外，

一本老书再次寻来，

热情的脸，

雪花，

季节的更替，

新闻报纸，

狗，

辩证，

洗澡，

游泳，

古老的音乐，

舒适的鞋子，

理解，

新音乐，

写作，

种植，

旅行，

歌唱，

做一个善良的人。

## 悬崖边的花朵

回学院的路上，我突然想起，还有一件很重要的事情没有问过吉布瑞拉。我已在过去与现在之间架起了一座桥梁，情意正慢慢延伸，但我却没有想过，她是否可以毫无忌惮地爱我。

超过三十五岁的女人大多有家有子，我怎么就没想过这一点？如果她已经成家了，那就不难理解为什么第一次见面时对我如此冷淡。

但我就是相信她依旧单身，我能感觉到她的孤独，她的孤独与我有所不同。每一个人的孤独都很独特，和别人不一样；每个人的孤独都有不同的原因。

走在古老的学院走廊上，我忍不住幻想着再次相见的情景，两个失落的灵魂穿过沙漠，终于融合在一起。我幻想牵着吉布瑞拉的手，仿佛能够感受到她手上的温暖和湿润，手拉着手，不放手，也不会拉得太紧，因为我们选择了彼此，牵着手一起走，而不会主宰对方的人生。

突然，一个学生的出现打断了我的遐思。他的问话将我重新拉回到现实之中。这位学生不擅掩饰——说话直来直往：

“请问什么时候考试？”

我大梦初醒，像刚刚经历了时差一样，过了好一会才明白他的意思。

“这次的考试，”他坚持问道，“是不是安排在周二？”

我打开公文包，翻了翻考试安排表，把时间、地点、考场等相关信息一股脑告诉了他。得到信息后，这位学生扭头径直走进教室里。

这堂课我正打算讲一讲德语中两种虚拟语气的差异性。走进课堂扮演一个无聊的语言老师之前，我一直在问自己：“你会不会是会错了意，如果吉布瑞拉并不爱你，你会不会一夕坠入深渊。”思索至此，突然想起了司汤达的名言，激起了我的勇气。

司汤达曾经说过：

爱情是一朵美丽的花，

但只能采自万丈悬崖。

## 一切都不真实

“有时候，我总觉得自己在巴塔哥尼亚遭遇的坠崖事故并没有如我所愿地彻底了结。”

维德玛坐在同一张沙发的同一个位置，像上次一样，在黑暗中点了一支烟。他快到半夜才下楼来我家，我都快上床睡觉去了——这个时间，他最为清醒。

“嗯，”我没有回应他的话，笑着调侃他，“维德玛每十二小时清醒一次，中间从不醒来。”

“哪有？你知道后来怎么样了吗？”

维德玛深深地吸了一口烟，火光短暂地照亮了他汗湿的前额。

“有时候，我觉得自己已经在事故中丧生了。你说得没错，从三十米高的悬崖掉下来，怎么可能生还。也许之后发生的一切都是梦境：沿着冰冻的河流往前走，照相机的闪光灯，获救，住进医院，回到巴塞罗那，还有我们之间的谈话……也许一切都不真实。”

“如果不真实，”我答道，“那我们在哪里？”

“这是梦境的一部分，也是往生者唯一能去的地方。”

“所以,我只是你梦中的一部分。”

“可以这么说。”

谈话越来越令人不安,我们相视无言,沉默了好一会。维德玛没有戴帽子,头靠着沙发,吞云吐雾,烟雾往上飘,混入夜幕中看不清晰。突然,他似乎想起了什么,身子一僵,坐直起来,摁熄了香烟。

“你何时才能停止担忧,享受虚无的快乐,哪怕一次也好?”他直望着我问道。

“也许只有确信自己已经往生的时候,我才能做到这一点。”我答道。

“太可笑了,”维德玛说道,“死了就什么都不知道了。”

## 天堂的约会

我得弄清楚下午六点和吉布瑞拉约会的地方在哪里。她要我“想一想天堂”,大概因为“卡卢”在拉丁语中是“天堂”的意思。

中午休息的时候,我来到FNAC商场的图书销售区,翻阅了巴塞罗那的旅行指南,终于在“咖啡厅与餐厅推荐”一栏找到了卡卢,就在德尔匹广场旁边的小巷子里,是个茶馆,除了饮料之外只出售修女们做的蛋糕。

她的选择挺奇怪的。我把街道名称和门牌号记在日程表里,打算先回家午睡片刻。

大学毕业以后我就很少午睡了，读大学的时候是个懒学生，晚上学习，白天睡觉，尤其到了考试前夕，经常在中午时刻打盹一会，人称“午睡冠军”。我总是希望睡觉的时候，所有知识都会排着队，自动走进脑海，脑海里就像有一个看不见的小小公务员，连夜加班，整理知识点，让它们各就各位。

今天的感觉就像是回到了大学时代，正面临着一场期末考试。下午在修女茶馆里发生的一切，即将影响我的一生，也许会打碎我心里所有的希望，也许会带来新的开始。我完全不知道一切将如何发展。无论如何，我想先睡一觉，忘掉身外的世界，一觉睡到谜底揭晓的时刻。

下午五点时闹钟响了，三岛也醒了过来，在床上滚来滚去。我觉得只睡了一小会，看看闹钟才发现已经睡了一个半钟头。睡得太久了。

我从床上一跃而起，像个僵尸一样摇摇晃晃地向卫生间走去，想着赶紧冲一个热水澡。我心中还在犹豫，不知道要不要刮刮胡子，一天没刮了，据说女性大多喜欢男人把胡子刮干净，尤其是打招呼贴面亲吻的时候。不知道今天会不会有这个机会，但是如果赴约的时候把自己收拾得太干净，就像在告诉她，这场约会对我有多么重要。这样一来，也许会给她带来太大压力，让她有了戒心。

想到这里，我决定不刮胡子，但好好收拾了一番，穿上了自己最好的衣服：合身的灰色长裤，紧身的蓝色羊毛衫，外套大衣有一点点波西米亚风格。

## 上帝在看

来到卡卢，我惊讶地发现吉布瑞拉早就来了。我站在门外，透过橱窗玻璃看着她，她的倩影就像海市蜃楼。这时，一位身材壮硕的女服务员走到她跟前，在桌上点了一根蜡烛。这个茶馆没有开灯，只点着蜡烛，烛光摇曳，营造出一种特殊的氛围，既浪漫，又像是在寺院里。

走进茶馆的时候，店家正在播放一首经典的爵士乐，原来是约翰·克特兰的名曲《无上的爱》。这是一首献给上帝的曲子，非常应景，不知道是不是特意挑选的。

我迈步向吉布瑞拉那桌走去，心里有些紧张。她并没有注意到我，正在埋头研究菜单。

我不知道是否应该用贴面的亲吻和她打招呼。

算了，多做多错，不做不错，不要多此一举，免得以后后悔。想到这里，我打定了主意，在自己的座位上坐下来，看情况再说。我怯怯地说了声你好，然后也埋头去钻研菜单上的特色推荐。我很少来茶馆，没有什么经验，随手点了杯“仕女伯爵红茶”，觉得名字很好听。

“我也一样。”吉布瑞拉说道。服务员又问我们要不要点一些修女做的蛋糕。

“先不上吧。”我径自做了决定。刚刚点单的情形让我深受鼓励，真没想到吉布瑞拉会点和我一样的茶。

点完单，我们都坐在各自的座位上，气氛静了下来。我注意到吉布瑞拉没有戴耳环，波浪般的头发用两个蝴蝶结挽了起来，一个是绿色的玉石蝴蝶结，另一个是紫粉色，镶着蓝色的亮片。

看到她发髻中的蝴蝶结，我心情大好；就算她忘记了过往，我却始终记得那个蝴蝶的吻。我告诉自己，这是一个好兆头。话虽如此，心里还是有些不安，不知道开场白该怎么说。吉布瑞拉已经喝完了一杯茶，将空杯子放回碟子上，自顾自地说道：“日本艺人的茶杯做得非常精美。你知道他们做哪个部分花的心思最多？”

不愧是我的吉布瑞拉，还像以前一样，喜欢主动。我心里揣摩着答案。

“不知道，”我说道，“是不是手柄？”

“日本杯子没有柄。”

“你怎么知道？”

“我在日本待过很多年。”

“一直住在日本？”

“你还没有回答我的问题。”她坚持说道，皱了皱眉头，特别好看。

“好吧，也许他们把杯子外面打磨得简单而又优雅，很符合禅的意境。”

“错了。”她说道。

“那，也许杯子做得特别圆？”

“又错了，不规则的形状也是一种艺术。”

“不猜了，”我承认自己猜不到，“到底是哪里？”

吉布瑞拉把碟子里的空杯子翻过来，用茶匙敲了敲杯底。

“就是杯底，”她说道，“一般人看不到的地方，你知道是为什么吗？”

“因为上帝在看。”

听到我的回答，她淘气地笑了笑，我的心情一下子轻松起来，我们俩的对话就像小孩子，而不像年逾中年的成年人。

一般情况下，我也许会抛出许多相关问题，尽快弄清重要信息，例如“你相信上帝吗？”“在日本住了多久？住在哪里？”“别谈茶杯了，说说这些年过得怎么样？”“你约会时常常问这个问题吗？”。

但我不愿意打破这一刻“小男生和小女生”的温馨氛围，如果谈谈人生，一不小心就会谈到以前的恋爱经历，双方都要花不少时间才能把过去的事情说清楚,说完之后就不知道该聊什么了。

我能感觉出来,和吉布瑞拉在一起,什么都可以谈,就是不要谈恋爱经历。好在我孤独惯了,也积累了不少应对这种场合的技巧。

"日本人的这种做法一定有一个专门的说法。"我说话的时候,服务员再次上了茶。

"什么意思?"

"只有上帝才能看得见的美景,日本人一定会造一个词来描述这种隐藏的美。如果现在还没有的话,那就赶紧造一个。"

"你怎么知道?你在日本生活过吗?"她的语气中暗含着嘲讽,说完她吹了吹滚烫的茶。

"我没去过日本,但是手头有一本辞典,专门收录奇怪的词汇,其中有不少日语词。我总觉得日本人活在另一个世界里,拥有着只有他们自己才懂的密码。"

"有点类似。"

说到这里,她的表情开始变得阴郁,抬起食指,擦去了眼角的泪光。

想来她在日本的生活带来了不少痛苦的回忆,而我却对此一无所知。那绝不仅仅只是一个令人失望的爱情故事,而是我一不小心就触到了她灵魂中最不愿让人碰触的那根弦。她接下来所说的话,证实了我的猜想。

“真是本有趣的辞典，我有好多感受找不到词来形容，就像你刚才所说的那样，你一定能造出合适的词。”

“你觉得我会编辞典吗？”

“你看起来就像是编书的。”

她一语中的，只有我才会做这样无聊的事情，真叫人伤心。以弗兰西斯·阿玛菲的名义编书，虽然本意上是为了给一位老人帮忙，但我的确正在编书。这时，轮到我发动攻势了。

“好吧，既然你这么相信我，那我就写一本书，但是你要帮帮我。告诉我，除了只有上帝能够看见的美之外，还需要造什么词吗？”

“很多词。例如失去了父母的孩子叫‘孤儿’，那失去了孩子的父母叫什么呢？尤其是失去了孩子的母亲，她的痛苦有多少？”

“说得没错，让我想想，我也有很多想法找不到合适的词。我一直想找一个说法来表达‘小事之爱’的意思。”

“小事之爱？”

“嗯，这大约是我此生迄今为止最为得意的发现，”我兴奋地说，“小小的善举往往能引发连锁反应，从而带回来十倍的爱的反馈，但此后事情将再难回到原点，因为小事之爱早已擦去了原点所在的痕迹。”

“听起来不错，但还是不太懂。”

“我自己也没完全弄清楚，但若非如此，我们怎么会坐在一起？”

一说完，我就后悔了，不该这么轻易阐明心迹。先前表现得还不错，到了最后一刻，终于忍不住说出了心声，真不应该。直觉告诉我，今天的约会就要结束了——我们之间一片寂静——我紧紧地盯着她，想把她的模样深深印在脑海里，只愿三十年以后还记得她今天的样子。我的目光停在她发髻的蝴蝶结上，多么令人嫉妒啊，那两只蝴蝶竟能如此地贴近着她。

“天色不早了，”她说，“我要回家了。”

她站起身来，我也赶紧站了起来，询问她住在哪里。

“天使广场。”

“好地方，”我心想，“像吉布瑞拉这样的人只适合住在天使的广场。”

“我陪你走走吧。”我急切地说。

“不用了，还是多想想那些要造的词汇吧。”

“好借口，”我心想，“吉布瑞拉亲手挖了一个坑。”

想到这里，我说道：

“我想编一本辞典，你刚才说过有不少好词条。不知是否有幸请你共进午餐，一起讨论讨论？格雷西亚街上有个餐厅，取了个很奇怪的英文名字，正好适合我们谈谈取名的事情。”

“那个餐厅叫什么名字？”吉布瑞拉披上了外套。

“布津。何时一起去坐坐？”

吉布瑞拉望着我，眼神里有了些不耐烦的意味，大概明白了我不会这么容易放手，非要订好下一次约会的时间不可，她终于说道：

"要不周四吧。"

"很好，你大概不知道地址，那天我来你店里接你，一起去吧。"

"好啊。"

"男追女躲"游戏的结尾，我出人意料地吻了她的两边面颊，和她道别。

"真淘气。"她似笑非笑。我望着她渐渐远去的身影，下定决心不再轻言放弃。

## 闪光

性格使然，我总是挨到最后一刻才会想尽办法解决问题。去医院的地铁上，我一想到刚才的告别之吻，就觉得羞愧。爱她并不意味着可以骚扰她，我竟将她逼得毫无退路，逼她定下约会时间，丝毫没有考虑过她是否愿意。

原本，我应该优雅而体贴地对她说：

"吉布瑞拉，和你一起喝茶真开心，不知道下回有没有机会约你？"

那样的话，也许就不会给她太大压力，她也许会再次给我打电话约时间，从朋友做起，朋友多多益善。但我没有这样做，而是逼她确定下一次的约会。这样一来，很有可能周四约会前会收到一则电话答录机传来的信息，要求取消约会。我简直是自作自受。

走在没有尽头的医院走廊上，我意识到已经快一个月没有见过泰特斯了。看起来情况不大好，虽然每周也有几次通话，但我真应该多来看看他。说真的，要不是他的玩具火车轨道改变了我的人生轨迹，如今我可能依旧生活在孤独的既定人生轨道上。

好久没见他了，他好像缩小了很多，小小的光头陷进枕头里，如同消失不见。我在他床边坐下来。

他的室友五十岁上下，咳得非常厉害，被人用担架抬了出去。

“我一定让你失望了。”我一开头就说道。

今天的主旨看来是“罪恶感”。

“闭嘴好不好？我都快死了，仔细听我说，我的话很重要。”

我的心紧张地缩成了一个小球。我俯身靠近他，他的声音非常微弱，只能勉强听清他的话。

“我要下地狱了，塞缪尔，但还有一些话要对你说。”

我想说点什么其他的东西，引开他的注意力，让他不要那么悲观：

“不好意思，打断一下，你还记得我和你说过的月球学家吗？”

“维德玛？”

“记性不错。有一天他对我说，现在的人生就是一场梦，他早就已经死了。也许他没说错，我们其实都死了。也许，生活就是我们的所见与所梦，我想说的是……嗯，他说一切都不真实，所以完全不用担心，你也一样，现在的痛苦根本算不上什么，一场梦而已。”

泰特斯摸了摸胡子拉碴的下巴，似乎正在寻找合适的说辞，神色一片宁静。他清了清喉咙，缓缓说道：“可恶的维德玛，只怕没说错，我们无法确信这个世界是否真实存在。你可以称之为梦境、幻影，什么说法都行；我们只是茫茫宇宙的黑暗之中一缕意识的火花。如果前前后后都是无限的时空，从精确性层面来说，这个火花相当于从未产生过。你觉得呢？”

“有点道理。对了，你刚才说有很重要的事情要告诉我？”

“看在上帝的分上，我只告诉你一个人。”

泰特斯的神色不再平静，呼吸急促起来，我赶紧起身想去叫护士，但他抓住了我的手臂，不许我叫人，艰难地深吸了几口气，脸上稍稍恢复了些许血色。

“别逼自己，”我说道，“有话慢慢说，我有时间慢慢听。”

“可我没时间了，帮个忙，别打断我。”

我点了点头，双手交叉放在胸口，像个乖孩子一样，静静地听他讲话。泰特斯一开口，我就意识到，这段话他酝酿了很久，几乎像是作最后的道别。

“我们居住的地球远离外太空，也许此生都没有机会去其他星系走一走，永远无法理解量子宇宙的秘密，无法穿透物质的最后界限看破本质。如果有一天有人能做到这一切，我们也许会突然发现，我们执着的一切并不存在，维德玛说得一点都没错。世间万千颗粒，每一次看到时都会有不同的表现，所以别太当真，想知道事物的内部构造和运行规律，并不是靠眼睛来看，看到的并不是真的，有什么值得担心？真可笑。我们一无所知，因为世上本无所知。我们的世界充满了感受和情感，这就是我们所拥有的全部。塞缪尔，请你记住，永远不要放弃你的感受和情感，这是我们所拥有的全部。”

有感于他的话，我在脑海里搜索着纳斯鲁丁的名言：“让明白的人来告诉那些不明白的人吧。”但我并不知道，泰特斯告诉我的一切，是否还能找到合适的人传下去。

“我说完了，你走吧，别再来了。”他说道。

“为什么？”我有些紧张，突然之间觉得浑身气力渐渐退散，如银河扩散而去。

“我对你无话可说了，以后别再给我打电话，让我单独和死神玩最后一场游戏。他肯定作了弊，在骰子里灌了水银。”

## 月球的价值

我回到家，情绪低落，也许我错了，今天的主旨根本不是“罪恶感”，而是“永不再见”。

来到客厅，看到电话答录机并没有一闪一闪显示有新信息，我松了一口气。吉布瑞拉还没有来电取消约会。不过周四之前随时都有可能取消。我是不是有点神经过敏？

我在厨房里烧开水准备煮通心粉，偶尔逗一逗三岛，真希望维德玛晚上别过来，我没心情听他讲话，只想早点吃完饭，拉下窗帘，上床睡觉。

我失去了泰特斯，像父亲一样的泰特斯。他留下的最后一段话，我还需要花点时间好好消化，但他的不幸却给我指明了正确的方向。无论我曾因为吉布瑞拉而遭受了多少痛苦，都比不上老人孤零零地死在公立医院。

他是不是正想告诉我这一点？珍惜感受和情感，享受人间的岁月？也许吧，可惜他的道别对我冲击太大，一时难以接受他的建议，做出及时行乐的事情。

意大利面拌上一罐番茄酱，一个人坐在电视机前吃晚餐，实在没什么胃口——平时我很少看电视。很巧，电视里正在播放有关美苏太空竞赛的纪录片。维德玛可能也在看电视，不太可能会过来——许愿灵验了——原本由他来上的每天一节航天知识课程，也可以通过看电视来学习了。

节目介绍了五十多艘宇宙飞船登月成功与失败的经历，事实上只有几个人曾经登上过月球。阿波罗13号1972年登月之后，就再也没人登月成功——看起来，维德玛的怀疑很有道理。二十五年后下一艘宇宙飞船才成功登月，但并没有装载宇航员，这艘飞船的名字叫作月球勘探者号。

今天我上课的时候也谈到了空间旅行，往常讲“奇闻逸事”的时间就用来讲月尘，也就是维德玛最喜欢说的月球风化层。登月归来的宇航员带回了三百八十二公斤的岩石和风化物。美国国家航空航天局将这些物品保存在休斯敦宇航中心零下九十二度的低温中。

奇怪的是，2003年8月三名实验室学生因为偷窃一百零五克月尘而被送上了法庭，他们本打算以每克一千到五千美元的价格将其出售。然而，陪审团认定被窃物具有更高的价值，平均每一克花费了美国纳税人五万零八百美元。事实上月尘的实际售价还要高得多。苏富比拍卖苏联太空任务所得的月球样品，每克售价达到一二百万美元。

我关掉了电视，心想不知道哪个白痴，肯花这么多钱买一堆灰尘。

## 缺席

周三监考完几场考试后，我又去了兽医诊所。自从那个下午的约会仓促结束后，我还一直没有见过玛丽斯尔。来到诊所，她依旧很热情地接待了我。

“不好意思，我暂时没法走开，”她说，“今天要值班到五点。”

“嗯，如果你不介意一起喝杯茶，我在家里等你，三岛还没打疫苗，你也知道……”

“我会记得带上疫苗。”

看情形她今天会过来。

阳光慷慨地普照大地，春天快到了，我却独自哀伤地在城市里漫步，心里渴望着来自朋友的温暖，最好是像玛丽斯尔这样一位聪慧的朋友。

不过请玛丽斯尔喝茶也有风险，离计划中与吉布瑞拉的约会只有二十四小时了，这个时间点最适合她找个借口临时取消约会。如果我们在客厅喝茶的时候，电话答录机又响了——那简直是重磅打击——我和玛丽斯尔之间的友谊肯定也没戏了。

解决方式很简单——关掉电话答录机，甚至拔掉电话线。我真不想接到吉布瑞拉取消约会的电话，宁愿让事实说明一切：我会去音像店接她一起过去；如果她不肯和我同桌，我就一个人在餐厅吃饭。没什么好多想的。

我切断了与外界的联系，耐心等待，然而门铃却一直没有响。我先花了一个多小时批改文学考试的试卷，改掉了不少文字和历史方面的错误。成绩两极分化得很严重：有的卷面回答得无懈可击——这位学生可能有一方家长，甚至双方家长都是德国人；有的试卷则一塌糊涂，耗尽了我的同情心，想方设法才能让他及格。对于后者，我几乎想要采取“地毯式打分法”，学院里的老师们流传着这样的故事，据说有的老师没有时间改试卷，就把所有试卷往地毯上一扔，落在地毯以内的及格，落在地毯以外的就不及格。

我无精打采地批改完学生的试卷，突然想起维德玛，不知道他整天躲在楼上干吗。我一直没有特别留意他，但并不意味着这个麻烦不存在。我能藏他多久？泰特斯快不行了，随时有可能去世。到时候，他的家人就会过来收拾遗物，如果碰到了维德玛，我的麻烦就大了。

更何况如果放任维德玛不理不睬，还会带来更多的难题，例如弗兰西斯·阿玛菲的书。老先生要我接下写书的任务，时间已经过去很久了，按理说这本书早就应该写完，但泰特斯并没有提到何时交稿，也没有说过出版商的名号，只是叫我写下去，这是什么意思？

门铃响了，打断了我的迷惘。我打开单元门，煮起了咖啡，随后听到玛丽斯尔上楼的声音。她的脚步声温柔而敏捷，仿佛连苍蝇都不忍伤害，但这并不意味着她做不到这一点。

我将她迎进门来，小心翼翼地拥抱了她，为她挂好大衣。她心情不错，连带着对我也和颜悦色——其实我什么都没做。

家里只有咖啡和昨天剩下的半个羊角面包，她也不介意。我播放了基思·贾勒特的《科隆音乐会》作为聊天时的背景音乐，这是我最喜欢的唱片专辑。

“三岛又不见了？”她语带嘲讽。

“肯定又躲起来了，只怕几公里外它就闻到了你的气息，这也没有什么大不了的：小的时候，我也是每到打预防针的时候就躲进被子里。”

我刚把咖啡和面包放在桌上，门铃就响了，我惊得头发都竖起来了。

“你在等人？”玛丽斯尔的语气不太高兴。

“不是。”我说着冲到门口，看看是谁。

打开门，果然不出所料，是维德玛，他还戴着一顶大帽子。这种情况下见到他这副打扮，实在无法令人愉悦。我还没有想好该请他进来，还是把人挡在外面，他已进了走廊，一阵风似的朝客厅走去。

我跟在他身后，兽医小姐见到他，差点从沙发上跳起来。维德玛旁若无人地坐在她旁边，连个招呼都不打。

“他住楼上，”我努力解释道，“我们常常午夜聊天，今天他来早了。”

“他们找到了泰米斯。”他的语气充满了欢欣，似乎我、玛丽斯尔或者其他人早该知道泰米斯是谁。

他摘下帽子，头靠着沙发，继续说道：“泰米斯·加西亚，朋友们都叫他泰米斯。去年7月5日，月球山谷探险时失踪了。”

我想找个烟灰缸，抽点烟，让自己冷静下来；维德玛一脸兴奋；玛丽斯尔身体僵直，一手端着咖啡，一手拿着面包，一动不动。

“真该给她这个样子拍张照，”我心想，“看来这是最后一次一起喝茶了。”

“就在智利北部，”维德玛又说道，“阿卡塔马沙漠里，正好是泰米斯失踪时月亮谷所面对的位置，他癫痫大发作。”

“你到底在说些什么？”我气极了，他毁了玛丽斯尔和我的下午茶。

“我不是医学专家，”维德玛不顾我的反应，继续说道，“但我听说癫痫发作时有两种症状：小发作和大发作。泰米斯的癫痫发作属于后一种，情况很糟糕，病人往往会一连好几个小时失去意识，只想逃离。如果身上有钱，像我朋友那样，就会跑往最近的机场，买一张机票，飞得越远越好。到达目的地后，找一家旅馆好好睡上一觉。睡梦之中，大发作的效果渐渐结束，最近几个小时发生的事情也会被尽数抹去。也许在多伦多的某家宾馆里突然醒来，不知道身在何方，也不知道怎么来到了那里。泰米斯发生过好几次这样的事情，多亏家里有钱，每次都在世界各地的宾馆里苏醒。听起来好像挺有趣，可是对本人来说，感觉非常糟糕。他上一次癫痫发作的时候去了月亮谷，没人知道他后来怎么样了。刚刚有个老朋友给我打了个电话，说是找到了他。也可以说，泰米斯找到了自己的位置，正在为下一次发作做准备。”

“我该走了。”玛丽斯尔说道。

这时，维德玛似乎才刚刚注意到她，嘴里说道：“如果你醒来时发现自己身在陌生的城市，别担心，赶紧给我们打电话，我们去接你。你永远不知道大发作何时会发生在自己身上。”

## 那头猪怎么样了

直到最后一分钟也没有收到取消约会的电话，算起来这是我们第三次约会了，而我们仍然不太了解对方。

我只知道吉布瑞拉在音像店工作，曾经居住在日本；还知道她小时候学过芭蕾，学过弹钢琴，练习过《纺纱歌》。我对她了解得太少了。

她对我的了解也不多，只知道我喜欢古典音乐，三十年前曾经和她一起玩过游戏，她还知道我正痴痴地恋着她。

来到音像店，我拿捏着绅士的做派，装出一副毫不在意是否受到欢迎的模样。没想到吉布瑞拉早已在门口等我，准备和我一起走。她穿着深红色的大衣，长发用同色系的发箍扎了起来。

“今天别人值班，我们走吧。”她开心地说。

“传言是真的，女人总会给人带来惊喜。”我心里暗想，和她一起沿着兰布拉大道往嘉德莲娜广场走去。

“想坐地铁吗？”我问她。

“走走路吧，天气不错。”

我四下看看，发现广场上到处都是外国游客在晒太阳，还有不少在附近工作的白领来此休息，有的人在抽烟，还有人在大声调笑。是啊，真是美好的一天，对我来说这种感觉更是强烈，因为身边有吉布瑞拉的陪伴。

去餐厅的路上要经过格雷西亚步行街，这里到处都是精品屋，打着巴塞罗那现代主义的借口漫天要价。一群日本游客正一脸迷茫地研究地图，我不禁问吉布瑞拉：

“你在日本做什么工作？”

我非常小心自己的措词，只是问她在日本做什么，不敢问她为什么远赴日本，为什么又回来了。

“面向私人教授英语课程。”

“真奇怪，日本人要找的应该是以英语为母语的教师吧，你的英文一定说得很不错。”

“一般般，我有剑桥英语教学资格证书。事实上，日本没有几个人会说英语，比这里情况糟多了。他们非常需要英语老师，薪水很不错。”

“听说日本物价昂贵。”我说着，避开了两个一边走路一边抬头欣赏高迪建筑的北方人，“每天工作时间挺长吧。”

“还好啦，我住在大阪，一般很少出门；不上课的时候就待在租住的房子里读书，每周能看完三四本书。”

我真想问问她，“既然去了日本，干吗整天躲在屋子里呢？”但是直觉告诉我，这个问题很有可能撕破平静的表面，于是我问道：“你读的是日语书籍？”

“没有，我只会说日语但不认识日文。日语的发音并不难，但是文字很难学，要学好几年才能掌握。”

“那你读什么语言的书呢？”

“主要是英语书，大阪是日本的文化中心，至少当地人这样认为。他们说，东京是经济之都，京都是精神家园，大阪是文化之城。我住的地方附近有一家美国人开的二手书店，很多外国人都喜欢去那里买书。我收集了很多短篇故事集，好喜欢这些小故事！”

“哇，充满了惊喜的生活，比我的人生有趣多了。你最喜欢哪个作家？”

“都是些老作家,例如萨默塞特·毛姆。但我最喜欢的是格雷厄姆·格林的作品集《惊人的意外》。后来离开大阪的时候,我只带走了这本书,其他地方都找不到这个版本了,想听我讲讲里面的故事吗?”

我点点头,放慢了脚步。我觉得自己如此幸运,能有她在身侧,只愿格雷西亚大街永远也走不到尽头,至少也要像墨西哥城的恩斯贞德大街那样有四十公里长。

吉布瑞拉开始讲故事:

男主角是作家的儿子,这个落魄作家的本职工作是名记者,妻子很早就过世了,只好把儿子送进了英国一家寄宿学校,自己却在意大利跑新闻。父子相隔甚远,孩子心里的父亲有着神秘的光辉形象,幻想着父亲是一个秘密特工之类的。一天,寄宿学校的校长把他叫到办公室,告诉他父亲去世了,并一再强调他死得毫无痛苦。儿子自然问起了父亲的死因,校长不愿意多谈细节,儿子一再追问,校长终于说道:

“这是一场非常奇怪的意外。你父亲在尼泊尔的时候,正好走在别人家的阳台下面。这家人养了一头猪,喂得很肥。那天,你父亲从阳台下经过,阳台突然塌陷,把他压死了。”

“那头猪怎么样了?”男孩问道。校长觉得这个孩子提的问题太不严肃，非常生气，便把他送回了房间。

记者的儿子长大后，变得越来越忧郁而孤独。他明白父亲并不是特工，但却不肯说出父亲的死因，因为每次讲完这个故事，都会有人笑话他。内心深处的创伤给他增添了沉重的负担。一天，他遇到了一个女孩子，两个人开始约会。他从不说父亲的事情，生怕她也会笑话自己，不愿意和他结婚。后来，他们一起去看姑姑的时候，女孩看到了他父亲的照片，便问这是谁。姑姑说这是男孩的父亲，死于一场事故。

"你从没告诉过我。"女孩惊讶地对男孩说。

"嗯，我来说吧。"姑姑说道。

男孩颤抖着，听姑姑讲完了父亲的故事，女孩听完问道："那头猪怎么样了？"

这时他才意识到，自己找到了灵魂的伴侣。

## 因果报应

"布津"的意思就是客人很多，希望大家都玩得开心。餐厅主人兼服务员这样回答，"取这个名字的初衷就是祝愿生意兴隆"。

他佩戴着色彩迷幻的流苏，与黑色、橙色相间的装修风格以及20世纪60年代的家具搭配得很协调。吉布瑞拉仔细看着一面墙上的黑白照片，问我：“最近有没有找到新词条？”

“一两个吧。”我嘴上这么说，心里却想着怎么扯开话题，说实话，自上次见过面后就再也没有想过编书的事情，“把‘小事之爱’延展开来：做了坏事，哪怕极小的事情，因果报应也来得很快。譬如，你说一个朋友是小气鬼，结果他当天就送了你一件礼物；再譬如，你对某人大喊大叫后，心情很爽，结果一出门就撞了电线杆。德语中有一句谚语，‘上帝惩罚小恶，从不迟疑’。”

“有意思。”

“就像有人注意到我们言行的不妥之处，过来拍了拍我们的肩膀，提醒我们注意言行，这也是一种因果报应，但却不需要其他人的参与，因为整个过程只需要你自己为自己所做的小事负责，你明白我的意思吗？”

佩戴着流苏的服务员上了红酒，我们不打算点菜。我举起酒杯祝酒，本想说“祝福我们”，想了想觉得太暧昧，最后只是向她举了举杯，什么话也没说。

“下次什么时候见面？”我问道，尽量不让她觉得有压力。

“我想到了一个新词条，”她没有回答我的问题，“意思就是‘某些人无法享受当下的快乐时光’。”

“这一条不好。”我抗议。

吉布瑞拉笑了，抿了一口酒，说道：“写下来吧，就算是我的因果报应。”

## 一万种方式说“我爱你”

相爱的人总是忍不住打探对方的过往。这么做,一方面是希望能够更加了解对方,另一方面也许是为了让自己的表现更符合对方的期望。我对吉布瑞拉的过去几乎一无所知,只知道她曾经住在大阪,会说日语。我打算花一个下午的时间好好研读一下日本文化。

问题在于,手头资料不多:三岛由纪夫的《午后曳航》、一本俳句诗集,还有一本很多年前别人送的日本短诗集。不妨就从短诗着手,尝试了解下复杂的日本文化。

俳句诗集里找到了小林一茶的一篇俳句,特别适合读给三岛听,它正舒舒服服地趴在沙发上望着我。我大声朗读道:

> 我们睡了,猫儿却醒来,
> 打着哈欠,出门,
> 寻找爱情。

三岛的回答是摇了摇尾巴,但没有挪动身子。它太年轻了,还不懂出门寻找爱情。接下来,我又读了一首甜美的日本民谣:

有两件事情永远不会变，
现在不变，将来也不变，
时间初始便已留存至今，
那便是流水，
还有甜美而神秘的爱情。

真是绝妙地阐释了爱情，是啊，若非如此神秘，如此不可预测，我为何拼命去争取和吉布瑞拉的下一次约会。

我感到非常快乐——即使身处在司汤达所谓生长爱情之花的悬崖上——浑身充满了活力和勇气。据说坠入爱河的人，心中所爱的并不是爱人，而是生活本身，透过爱人爱着生活。我现在便是如此。

我愿意燃于水，溺于火。我愿意忍受一切痛苦，无论现在还是未来，只要能让我爱着吉布瑞拉，什么都可以。

我不知道还能忍受多久，每一次靠近她，我都忍不住想向她表白，而结果很有可能会适得其反。现在，她所给予的只是友情，而我却紧抱着不放，如同握着救命稻草。私下里，我曾经一次又一次地练习着表白的宣言。

泰特斯的私人图书馆里有一本书《一万种方式说“我爱你”》，我是不是该好好读一读。

谁能想到，人类有那么多方式来表达爱意，书的作者——某个自称歌戴克的人——因为收集了一万种爱的宣言，正打算挑战吉尼斯世界纪录。其实书中的有些说法还挺夸张的：

用无毒水笔在牙齿上写“我爱你”（每颗牙一个字母），然后对恋人放声大笑。

像搞竞选一样，满大街挂上海报，上面有你的名字、照片以及恋人的名字，口号只有“请爱我”三个字。

打电话的时候，用调羹在玻璃杯上敲出“我爱你”的摩尔斯密码（对方最好懂摩尔斯密码）。

把自己当作礼物，打包送到恋人的生日晚会上。

一起分享披萨饼，饼中间有一个用所有食材堆出来的心形。

闭上眼睛，等待被吻，眼睑上写着“我爱你”。

我特别喜欢最后一个，不过只有年轻人才敢尝试。内心深处，我非常喜欢莎士比亚充满激情的诗句。

你可以疑心星星是火把，

你可以疑心太阳会转移，

你可以疑心真理是谎言，

可是我的爱永没有改变。

## 洛桑然巴是谁

这几天心绪不宁，再加上期末停课了比较有闲，挺希望维德玛半夜来访，想和他多聊聊。

今天维德玛来了，我看起来精力充沛，他却面色阴沉，看起来有点悲观，大概是怕被人发现，亦或觉得自己被困住了。他熄了灯，默默抽完一整支烟才开口说话。我给自己倒了一杯酒，像个人类学家一样，细心观察他的举动——黑暗中只能看见他的影子。

维德玛把随身不离的背包放在脚边，用一个问题开始了今晚的讨论。

"洛桑然巴是谁？无论是谁，都不是我们所认为的那个人。很多人都读过他的著名小说《第三只眼》，以为他是个西藏喇嘛，具有无上的神通，至少他在书里是这么写的。小说畅销几十年，电视节目却从来没有采访到作者，这给他套上了一层神秘的光环。后来又出了一个类似的例子，就是卡洛斯·卡斯塔涅达。没人知道他长什么样子，所以都对他充满了好奇。说起来，上个世纪的人们对月亮背面的景象充满了幻想，结果登月拍到照片之后，人们就失去了热情。事实就是，人们对事实不感兴趣。”

“那个，洛桑然巴是谁？”我问道。

“谁都不是。这就是问题的核心，洛桑然巴并不存在。作者编了一个喇嘛的故事，戏弄了所有的人，《纽约时报》的记者最后找到了这位作者，原来就是个名叫亨利·霍斯金斯的英国管道工，他从来没有去过西藏。更有趣的是，谜底揭晓之后，读者们并没有大失所望，他的书继续畅销无阻，这个世界怎么了？现在你明白了吧，为什么我对未来充满了怀念！”

“有些人并不像他们在人前表现出来的样子，因为人们不允许他这么做。”我居然在替弗兰西斯·阿玛菲辩护。

“什么意思？”

“也许作者很想用本名写作，但是从出版社到普通读者都对此不感兴趣，这个世界需要的是洛桑然巴，而不是亨利·霍斯金斯。”

“那卡洛斯·卡斯塔涅达呢？”

“也许他只是想写写书，挣点版税，过着平静的生活，这种想法挺好的。”

“那么卡耐基呢？”维德玛追问道。

“戴尔·卡耐基？就是喜欢发表励志演说，鼓励人们多交朋友的那个卡耐基？”真没想到维德玛会突然对励志书感兴趣。

“就是他，他一生都在告诉别人应当如何生活，最后自己却自杀了，小道消息说得有板有眼，只有出版商一再保证自杀只是谣传，生怕读者们要退钱。”

“他给了许多好建议，”我平缓地说，“只可惜自己做不到而已。有的肺科医生忍不住一天要抽两包烟，但依然是个好医生。”

“你的意思是，以身作则并不重要，我们完全可以想一套说一套，做的又是另外一套？是不是这个意思？”

“我的意思是，我们都是人，自己都有做不到的事情。我们不能强求洛桑然巴一定是个完人。”

“怎么说？”

“人类充满了矛盾。你瞧瞧自己，刚刚抽的那支烟上还印着‘吸烟即自杀’，一会儿工夫，你已经在抽第二支烟了，但你绝对没有自杀的想法，这是不是很矛盾？”

维德玛深深地吸了一口烟，仿佛在驳斥禁烟广告的威胁信息，他讨厌被威胁，随后他缓缓地吐出烟圈，说道：“我们生活在一个充满欺骗的世界，人与人之间无法分享现世经验。”

“你怎么会这么想？”

“举个例子吧。如果我要出去长途旅行，不知道何时才能回来，你或许会去火车站给我送行。后来，我们通过电话或者邮件保持联系，回头想想才发现，送行什么的都是虚妄。”

“为什么？”

“同一件事情，两个人的视角和体验并不相通。对于送行这件事情，你我记忆中的印象就完全不同，甚至截然相反。你只记得看到我走进了火车，在车窗边挥手作别；而我却记得一个男人的身影在月台上越来越小。我们的记忆中只有一个共同点，那就是身影变小的感觉，这种印象在我们心里反复回荡。离得越远，朋友在心里的存在感就越小。从这个意义上来说，我们的视觉印象是心理印象的一种表现。所以说，人们的现世经验无法分享，每个人的体验都不尽相同。”

我差点为他的精妙思想而鼓掌叫好，和之前很不一样，维德玛今天的思路特别清晰。

“来杯酒吗？”我问道，“我们多聊会吧。”

就在这时，三岛从屋内通道蹿了出来。他似乎意识到今晚意义重要，因此保持着最佳状态，非常警觉。

## 空空的背包

早上起来，发现自己睡在客厅里，好像癫痫发作过一样，完全不记得昨晚发生了什么。清晨的阳光照着桌上的两个空酒瓶，反射出刺眼的光，第三个酒瓶也打开了，只喝了一点点。

宿醉醒来，头疼得像要爆炸一样。我估计昨晚聊了很久，喝醉后就在沙发上睡着了。维德玛醉醺醺地上了楼，连平时形影不离的背包都落在了我家客厅的地板上。

我打理好自己，赶紧收拾一塌糊涂的客厅，把空酒瓶和满是烟灰的烟灰缸清到一边，捡起地上的背包，发现很轻，就像没装东西。拉开背包的拉链，里面空无一物。

太奇怪了，平时维德玛都用这个背包装手稿，但是昨晚他根本就没有打开背包，怎么就空了？也许他带来的时候就是空的，可他干吗随身带着一个空背包？也许他是想装点东西带走，但背包是空的，可见他并没有那种想法。

我冲了个澡，告诉自己，醉鬼本就没什么理智可言，再加上聊了一夜的哲学思想，简直称得上双重醉倒，因为除了美酒之外，语言也能使大脑陶醉。

吃了两片镇痛药，又洗了个冷水澡，宿醉的感觉真不好受。我强迫自己吃点东西，就着埃门塔尔干酪吃了两片面包。我以前很少喝酒，但也知道食物是最好的解酒剂。

我出门的时候已经是早上十点左右，还是感觉有些眩晕。还有两个小时就要去见吉布瑞拉了，得赶紧把状态调整好。今天早上，吉布瑞拉不上班。

“应该早点做好准备。”我暗暗责备自己。新鲜的冷空气吹来，带着抚慰的气息。

## 选择小说

约会的地方是市中心的一个咖啡馆，也是拉瓦区最大的书店。我提前一个小时就到了，看了看摆着外国小说的书架。这里经常会有一些不错的翻译小说，作者来自波兰、芬兰、立陶宛，还有其他遥远而寒冷的国家。

随手打开一本小说，小说作者名叫安德烈·可可夫，目前住在乌克兰，小说名叫《死亡企鹅》，奇怪的书名很容易引起读者的兴趣。小说描绘了苏联解体后，乌克兰人孤寂的生活状态。小说主人公维克多是个失败的作家，他从基辅动物园领养了一只企鹅，因为动物园没钱喂养这些动物。维克多和企鹅一起，在乌克兰首都进行了一番奇特的旅行，殊不知麻烦即将在前方等着他们。

小说开头不错，我打算把这本书买回家看。结账的时候突然想起，自己买了一本新书，也该替吉布瑞拉买一本。她会喜欢什么书呢？我对此并不了解，只知道她曾读过萨默塞特·毛姆和格雷厄姆·格林。

既然如此，那就顺意而为吧，但也要小心选择，书的标题很容易泄漏送书人的意图，送一本《告诉我你爱我，哪怕谎言也行》，还是送一本《坏女人回忆录》，意义完全不同。这是一个希腊作家在他的书里告诉我的，想到这里，我知道该送给吉布瑞拉什么书了。

我请店员帮我找找希腊作家萨马拉基斯的《审批》，这书表面上看起来是一本犯罪题材的小说，读到结尾才发现故事的主题是歌颂友情。记得我刚刚读完的时候，眼里蓄满了泪水，很久不曾如此感动。没错，就是这本书，准没错。

店员将两本书都作了礼品包装。每次给自己买书的时候，我都喜欢把书包装得非常精美，等到值得奖励的时候再送给自己，享受着书带来的双重欢乐。

孤独的人们大多喜欢保持这样的仪式。我有一个朋友最喜欢给自己写信，接着寄出去，等收到盖上印花的信后，再小心拆开，细细阅读，仿佛收到了来自远方的问候。然后，他会花一整天的时间思考信中的内容，第二天再写一封回信，添上各种细节。三天后又能在信箱里收到这封回信，如此周而复始。

这一切都要感谢邮局的帮忙，我想那个人成为了自己的好朋友。

## 审判

吉布瑞拉到来时，我正在品尝“修行茶”，这很适合我为自己塑造出来的谦虚克制的形象。

她打扮得很美，当然在恋人眼中谁能不美？她把脸伸过来，等我亲吻——这回我刮了胡子——淡淡的橘子味香水飘散过来。

她也点了同样的茶。茶还没上来，我把为她挑选的书放在桌上。

“这是什么？”她吃了一惊。

“我们在书店，就该有一本书。”我尽量说得轻松一点。

“你怎么知道今天是我生日？是不是找人调查我？”

她的质疑伤害了我，这纯粹是巧合，我应该表现得冷淡一点，想到这里，我说道：“没想到今天是你生日，祝你生日快乐。说实话，我觉得自己就像《爱丽丝漫游奇境》里的三月兔，喜欢庆祝没有生日的茶会。”

“太巧了，是不是？”她笑了。

“巧合防不胜防，有一天我两次打车居然遇到了同一个司机。看看我戴的手表，猜猜我为什么喜欢这块表？”

我拉开衣袖，让她看看我手腕上那块古旧的手表，这是爷爷传下来的宝贝。就在这时，表停了下来，更加印证了我的说法：

“这只表一天中至少有两次能报对时间。”

吉布瑞拉扬了扬眉毛，大概不清楚我是在开玩笑，还是耍宝。

“要不要打开礼物？”我提醒道。

修长的手指拉开了包装纸，仿佛正在撕开封面。打开一看，书名叫《审判》。书静静地躺在桌上，吉布瑞拉望着书，没有伸手。一缕发丝垂落下来，遮住了作者的名字。

“我没读过这本书。”她说。

“所以我才要送给你——读一读吧，这是我最喜欢的小说。”

我嘴上这么说，心里却在打鼓。“情况不对。”我告诉自己，送出这件礼物，反倒给她增添了无谓的压力，也许她认为我在逼她回赠礼物。

“谢谢。”她说着，把书放进了羊毛大衣的口袋里。

我必须想点办法打破僵局，于是一口喝完了杯里的茶，说道：

“想不想出去走走？这是我放假第一天，真想呼吸点新鲜空气。”

吉布瑞拉点了点头，心不在焉地站起身来，一口茶都没有喝。我都没有注意到她没喝茶，今天的表现太糟了。

我们走出书店，沿着大街往天使广场走去。那里有一座老建筑，门口栽着两棵又高又瘦的棕榈树，我特别喜欢。但是今天早上，这两棵树却似乎在风中瑟瑟发抖，就像我和吉布瑞拉。

“大阪什么样子？”我努力打破沉默。

“有人称之为‘日本的威尼斯’，也有运河，但和威尼斯不一样。大阪是一座很现代化的城市，学生特别多。”

再次沉默。我不敢多问她的情况，而她似乎也不愿意主动说起，和上次约会一样。我们之间到底哪里不对劲？

绝望的人往往孤注一掷，做出鲁莽的事情。走到广场的时候，我不经意地拉起了她的手。出乎意料的是，她没有挣开我的手，什么也没说，面色如常，任我拉着她穿过玩轮滑的孩子和街头的艺术家们，往广场中间走去。

我牵着她的手，她的手冰凉而柔软。牵手并不意味着她接受了我，她并没有握紧我的手，我不知道这样做是对是错，她的手有些僵直，似乎并不情愿。一想到这里，我感到自己似乎被挂在了深渊的边缘，正努力自救。我问道：

“握着你的手，你会不会有些不舒服？”

“我无所谓，你不误会就好。”

听到这话，我放开了手，手从她身侧垂落下来，像一只被枪击落的小鸟。都是我的错，为什么不能再多一点点耐心，多一点点克制，慢慢地靠近她，赢得友谊和信任。

她早已看穿了我的心思，没机会了。追求爱人的黄金定律就是若有若无地靠近，若隐若现地追求，可我却轻易毁掉了这样的机会。

一切已无法回头，我实在没有办法继续欺骗自己，编造美好的希望，不如干脆把话挑明：

“吉布瑞拉，对不起，这几周以来一直在打扰你。我不知道该怎么和女孩子相处，只好实话实说，我认为我们不适合做朋友。”

“不会吧。”她听了很不安。

“我也很想和你从朋友做起,这样才能名正言顺地待在你身边。但我太爱你,实在伪装不下去了。吉布瑞拉,如果不能接受我的吻,就请你离开我吧。”

话一出口,我就想逃,不等她反应过来转身走开,很快走出了广场。整个世界一片眩晕,我觉得自己是世界上最荒唐的人——表白的是我,说分手的也是我。

## 登高处

我像个游魂一样,在城市里游走,想要耗尽全身的气力,忘掉刚刚发生的一切。我穿过圣安东尼亚市场离开拉瓦区,穿过恩撒哲区左部,沿着对角大街——这条街一直是巴塞罗那富人区的边界线——一直往北走,内心充满了奇怪的冲动。我不想回家,因为一回到家,世界就会像书本一样在我眼前慢慢合拢。我还想多看一眼外面的世界,直到耗尽所有的力气。

我一时兴起,打算沿着直线——或者说是对角线——往前走,取道蒙塔纳尔大街朝山上走去。艳阳高照,我的脚底仿佛在燃烧,一路上看到许多上学的小女孩、步履匆匆的商人,还有退休金丰厚的老人。我一刻不停地往前走,只想直到城市在我背后消失不见,才肯停下脚步。

走到巴纳诺瓦广场的边缘，我转身向左，尝试寻找一条继续上行的道路，终于在某个知名商学院的旁边找到了路。我顺着斜坡，拼命往上爬，头也不回。

爬了二十多分钟，路上的豪华公寓渐渐变成了大大小小的别墅，再往前走了一段路，经过几间荒废的小屋，就来到了森林之中。

我走累了，在一棵被重力拉歪的松树下面坐了下来，心情总算稍稍安定。城市就在脚下，想到这一点，多少有一些解脱的感觉。至少这一刻，我不属于城市。

登高望远，一切野心和欲望都变得渺小，就像小孩子观察蚁群的辛勤劳作：无论在小蚂蚁看来多么重要的工作，小孩子只要丢一只鞋子过去，就能摧毁它们大半年的收获，而它们压根不明白这一切是怎么发生的。

一切莫不如是，命运——或者说是每日的因果报应——轻松地摧毁了我们的梦想。

深吸一口充满了树脂香味的空气，我遥望着太阳慢慢落山，越来越靠近地平线，平静的内心中升起了一点小小的不安。

“你毁了一个女孩的生日，”我叹了口气，告诉自己，“别多想了，回家去吧。一路小心，千万别‘不撞南墙不回头’。”

# 人生一日

## 消失

下山的时候心平气和，走到家时天已经黑了，我怎么也不会想到，接下来的二十四小时将会给我带来诸多惊奇。

我本想去看场电影，舒缓焦虑，但又觉得看一场电影太累了，不如早点上床睡觉，进入忘我的世界。

上楼的时候我就在想，吉布瑞拉肯定给我留了信息，不外乎两种可能：要么是问我还好吧——心肠真好；要么就是责怪我今天的冒失举动，叫我不要再去打扰她。

“她很快就从书店回到了自己的住处，”我开门时暗自思索，“而我却要爬一整座山才能找回自我。”

电话答录机上没有任何信息，我很受伤，难道她一点都不在意我的痛苦？

我走进浴室冲了个澡，泪水被冲得干干净净，混在污水里流进下水道，流进市郊的某个净水厂。我的苦痛也将随之远去，只留下我自己，回归寂静的孤独状态。

冲完澡，我的心情稍许平静，站在镜子前面梳头发，竟挑出了不少白发。

“时间过得真快。”我懒得把白头发扯掉。人生只有六十五万小时又如何，我宁愿将生命的时间赠予懂得生活的人。

我穿上睡袍，没有兴致去吃晚饭，在房间里走来走去，将四处收拾整理一番。三岛蹲在高处，居高临下地看着我做这做那。我又碰到了维德玛的背包，突然有一种不好的预感。

他怎么还没过来？是不是昨晚喝醉撞到了头，受伤了，正躺在楼上？

还是上楼去看看他吧。我穿着睡袍和拖鞋往顶楼走去，摁了两次门铃都没有人应答。熟悉的门铃声嗡嗡作响，如果维德玛躺在床上，都不需要起身，只要按一下按钮就能打开门，可他却似乎连这一点也做不到。

我等了一会，又按了第三次门铃，依然没有动静。一推门却发现门并没有锁。我有些担心，推开门走进去，本以为会看到满目狼藉的景象。

然而，打开灯才发现，屋里面井然有序，钥匙就挂在房内的门锁上。我拔出钥匙放进口袋，关上门，四处看看怎么回事。

房间里弥散着柠檬的芬芳,似乎不久前才打扫过。客厅里一尘不染,桌上放着手提电脑,上面没有沾染一点灰尘。房间正中搭着三脚架,架着一副天文望远镜,指向窗外的夜空。

我走进厨房,和我家一样窗户正对着街道,我心里警觉起来。

我什么都没碰,直接走出了厨房,一边走一边喊着维德玛的名字。所有的房间都找了一遍,连橱柜都翻过了,记得第一天晚上他曾经带过来一个金属盒子。此外,他的天文望远镜还摆在这里,他绝不可能轻易离开,一定是发生了什么意想不到的事情。

月亮飘浮在云海中,下面发生的一切一览无余,房子里冷冷清清。

自从捡到维德玛的背包,我就有一种预感,他不会再回来了。我在房间里仔细找了一圈,他的东西都留在这里,连随身的香烟都没有带走,只有手稿不见了,太奇怪了。

我满心疑惑,回到厨房,在一个碟子下面发现了一张手写的便条,便条上的内容非常简单,让人担忧。

我走了,还会回来吗?

我焦虑起来,心里充满了自我谴责,都怪我关心不够。我来到客厅,调着望远镜看过去,希望漫天星星能给我一点启示,告诉我维德玛在哪里。望远镜似乎理解我的心，打开镜头盖，看到的就是一轮满月。

我不知看了多久，如痴如醉地寻找陨石坑和暗黑的海洋，那里也许曾经灌满了海水。我怀念着维德玛，宁愿相信他早已安全抵达了梦想中的月球，也许现在正待在某个陨石坑里，架着望远镜看着我。也许他使用的就是阿波罗 13 号宇航员留下的超级望远镜。

## 世界末日

午夜时分，我还没睡着，满脑袋都是刚刚看到的一切。我干脆穿衣起床，到街上走一走，透透气。

我站在人行道上，抬头望着身旁在建高楼的顶部两层，整栋楼在夜幕下看起来就像一座陵墓的影子，一旦楼层封顶就永不再见天日，我要趁着尚未阖盖之际赶紧逃离，绝不要像那个日本人一样。

此时，我的头上顶着一轮巨大的月亮，幽灵般的光芒抛洒在城市上空。

我专注地望着月亮，不记得多久不曾如此亲近。硕大的月盘似乎离地只有平时一半的远近。记忆中的月亮从来没有像今天这样令人感觉亲近，这是怎么回事？难道被地球的重力吸引了过来？会不会越来越大，越来越近，直到撞上地球，发生有史以来从未见过的大爆炸，为人类带来一个荣耀的结局：世界末日。

维德玛的失踪与此有关吗？

我越想越觉得是这么回事，难怪我在家里待不下去了。如果今夜就是世界末日，我怎能安心躺在床上。

月亮离人特别近，或许正因为如此，这个二月的夜晚显得尤其暖和。虽然因为经历了下午的城市马拉松，我的双腿疼痛不已，但内心的热血却开始沸腾。我毫无睡意，向市中心走去。

维德玛逃走了，这仅仅只是序幕，接下来还会发生更多重要的事情。直觉告诉我，一切就在今夜，地球与月球的相撞是场重头戏。两个星球一次小小的亲吻，就能结束两者长达四十六亿年的爱恋。

最奇怪的是，我一点都不害怕。如果一切都是命中注定，我坦然面对末世大灾难的到来，至少它让我乏善可陈的人生有了一个尊严的结局。

沿着格雷西亚步行街往前走，路上行人很多，不知是不是抱着和我一样的想法。差不多凌晨一点了，大街上却人满为患。很多家庭带着小孩全家出动，，正仰头望着天空，对毁灭女神的化身指指点点。

他们也一点都不害怕，反倒兴奋不已。数码相机拼命闪光，人们努力拍下神奇的一幕。为什么面对世界末日，大家都这么乐观？

我懒得继续躲闪兴奋的人群——他们只顾抬头望天，老往别人身上撞——我沿着格兰大道往前走，来到巴尔默斯大街的尽头。无意间我又走到了遇见吉布瑞拉的那个十字路口，咖啡馆的金属卷闸门拉下了一半，里面还有灯光。我突然想起，如果维德玛还在这座城市，那他一定会来这里。

好几个星期没来了，这个咖啡馆倒是很适合庆祝世界末日。我弯下腰，从门下钻了进去。

## 十七分钟

服务员看到我从卷闸门后钻进来，愤怒地望着我，怒意都懒得掩饰。算了，世界末日了，还有什么好在乎的。我靠着吧台，要了一杯葡萄酒。

"关门了，不过你是常客，我就给你上杯酒吧。"他说着开了一瓶新酒。

倒完一杯酒，他躲到厨房里去了，那里的收音机里正在播放新闻。

我一个人坐在吧台前，看了看今天的报纸。封面上就是巴塞罗那上空那一轮巨大的月亮。也许早就有人预告了今天是世界末日，只不过我没有关注罢了，难道我已经变得这么孤陋寡闻了吗？

我还没来得及看这篇报道，就看见一个熟悉的身影走了进来，红头发、穿黑衣，就是那位十七分钟先生，今夜太有趣了。

“关门了！”服务员从厨房里伸出头来吼道。

“他也是常客。”我为他辩解道。

我突然想到，世界末日之前还有两件事情应该做完：一是读完那篇报道，二是第三次——也是最后一次为这位先生测测时间。

服务员骂了几句，才从厨房里出来倒了杯啤酒。

“还有十五分钟就关门了。”服务员说道。

“晚一点行吗？”我请求道，心里思索着那个神奇的数字。

服务员甩给我一个杀手般的眼神，又躲进厨房，调高了收音机的音量，节目里正在播放几个科学家的评论，不知道其中有没有维德玛。

我看了看表，十点零一分。

我端着葡萄酒，红发男子端着啤酒，两个男人孤独地站在封闭的吧台前。如果是好莱坞电影，两个人一定会开始一段饱含深意的交谈。想想吧，两个陌生人在孤寂的小酒吧里分享各自的秘密，真像爱德华·霍珀笔下的油画。

然而什么都没发生，我正忙着手头的两件要事——每一个人都有权决定生命的最后时刻应该怎样度过。我一边紧盯着手表上移动的分针，一边关注着报纸上的新闻：

冬季的“月亮错觉”:科学家们对这一现象的成因各持己见

美国国家航空航天局发表声明,今夜的满月将是平时的两倍大小。这是一种纯光学现象,感知心理学将其称之为“月亮错觉”,也叫“月径幻觉”。

这种光学效果一般发生在夏季,冬季非常少见,具体原因尚不清楚。一般认为,月球光线以特殊方式汇聚,从而产生幻觉。这时,人们从地平面看去,月亮就显得大了许多。

当然,只有人类肉眼从特定角度才能看到这种效果,而照相机却无法捕捉。为了证明这一点,美国国家航空航天局提出了一个有趣的实验:用圆形状或者筒状的纸张将月亮的影像隔离起来,当周围的所有参照物都不见了,大月亮的魔力也消失了。

我合上报纸,心烦不已。对我来说,这不是幻觉,而是幻灭。刚刚,我几乎已经放弃了掌控自己的命运。

“世界末日还没到来。”我又看了看表,现在是一点二十三分,红发男子不知受到了什么控制,再次准时留下一枚硬币,离开吧台,从门下钻了出去。

我一时冲动就跟了上去，不知道自己为何执着于此，也许是受理性思维禁锢太久了，现在只想任凭冲动行事。

夜已深了，巨大的月亮如幽灵般悬空在我们头顶。我离开酒吧，跟在红发男子身后。

## 电梯

红头发的黑衣男子迅速穿过佩拉约大街，来到天使之门向右拐，朝大教堂走去。

我跟在他身后几米远的地方，完全进入了侦探的角色，只待发现最后的秘密，了结这个案件。何必如此执着？也许我的醉心追逐，只是为了忘记失去吉布瑞拉的痛苦。我本已离她很近了，却在最后一刻功亏一篑。每一个侦探都有一段想要忘记的过去，而危险——以及窥探他人的生活——就是最好的麻醉剂。

十七分钟先生来到大教堂。教堂的尖顶上洒满月光，如一个乳白色的巨大水果。他从教堂旁边的小道往下走，穿过一座哥特式的小桥。

大街上没人了，我保持距离远远跟着他，轻手轻脚，生怕脚步声在千年石阶上回荡。他也放慢了脚步，抽出一根烟塞进嘴里，望着天空点亮了烟。

我们穿过了坐落着总督府和市政厅的广场，沿着通往码头的街道一直往前走。快到码头的时候，神秘的红发男人突然左转，拐进了巴雷飞亚小巷。他在一家小酒吧明亮的门廊前站了一会，然后走了进去。

猎物已插翅难逃，我往前紧赶几步，就走到了那家酒吧门口。酒吧名为“电梯”，果然店如其名，进门就是一架老红木电梯，还带着滑轨门，门上保留着20世纪早期才有的古老按钮。

我站在奇形怪状的电梯里，不知道该做什么，突然想起了《天使之心》的最后一幕，米基·洛克走进电梯，然后掉进了地狱。

电梯到了，我没有多想，拉开滑轨门，映入眼帘的是装着镜子和大理石桌的小咖啡馆，一群年轻人正在兴高采烈地大口喝酒，酒吧里充斥着世纪末的忧郁气氛。

我坐在吧台边，不知道该做什么。我不像米基·洛克那样愤世嫉俗、玩世不恭，此时反倒有些犯困，头脑不太清醒。

这种情况下，如果你不做点什么，往往会有人替你做决定。就在这时，我一直跟踪的十七分钟先生，也就是那个穿黑衣的红头发男子突然从桌边站起来——同一桌还有两个年轻的漂亮女孩——向我走过来，皱着眉头，眼神不善。

他那桌的同伴都不到二十岁，一脸看好戏的神情。其中一个女孩画着深蓝色的眼影，我清楚地听到她说了一句："别去管他，好吗？"

我靠在吧台边，不知道该做点什么才不会难以收场，话还没想好，红头发男子就开口了，他的声音很有礼貌，但非常肯定："你在跟踪我？"

我心里的答案绝对不是电影台词的标准回答。我答道："是的。"

"能知道为什么吗？"

单身男人总能找出各种古怪的理由，做些古怪的事情。

"我和朋友一起研究城市人类学，"我半真半假地说，"主要考察那些喜欢泡吧的人群具有什么独特的性格，尤其是像你这样形成了特定仪式的情况。"

他摊开手打量着我，似乎等我拿出更有力的证据，才能实行对我的判决和惩罚。但他嘴角压抑的微笑却又悄悄地告诉我，这个人没有恶意，只是看我面露窘迫，觉得很有意思。他和我以前见过的红头发男性一样，都是淘气的小魔鬼。

他假装震撼地望着我，问道："为什么觉得我是那种人？"

"我们去过同一家咖啡馆，今天要不是我在里头，你根本进不去。后来，你喝了一杯啤酒……和以前一样，一共花了十七分钟。"

这番话似乎解开了他的心理防线，他不再板着一张脸，笑嘻嘻地拍了拍我的肩膀，说道：

“来，陪我喝杯酒。”

小桌子靠着墙，已经没有空座位了，桌边原本坐着一位黑发女士，脸型消瘦，棱角分明。她见我们一起走过来，赶紧站起来，说道：“坐我这里，我要走了，现在离起床时间只剩下五个小时了。”

我还来不及说什么，就被按着坐了下来，我的一边坐着一个蓝眼睛的年轻姑娘，另一边就是那个红头发男子，他打了个响指，招呼服务员上酒，之后的事情就开始变得诡异起来。

“鲁宾，这位是塞缪尔·胡安。”身边的姑娘说道。

我惊呆了，别人认识我，我却不认识她，挺尴尬的，总不能凑上去问“你是谁”。我只好静观其变，女孩继续说道：

“他是我的文学课教授，赶紧灌醉他，等他做了糊涂事，就逼他给我作业评个A，当作封口费！”

明白了，原来这个女孩子就是班上的书虫小姐，这会她没戴圆框的熊猫眼镜，我竟完全没认出来。这一刻，她目光迷离，深蓝色的眼睛显出柔弱的气质，与我印象中那个强势的女学生形象大相径庭。

“不用灌我酒，你已经得了个A。”我笑道，“过几天就能看到成绩了。”

她大概有点醉了，斜靠在我身上，在我脸上来了一记响吻，我沉默了。正好服务员走了过来，把我从无法掩饰的尴尬中救了出来。

“三杯冰白兰。”鲁宾对走过来的服务员说道。

这家伙夜生活经验很丰富嘛，问都不问就替我点了单。他似乎是为了找点理由来喝酒，在我耳边轻声说：“庆祝朋友期末考试成功。”

取酒之前，服务员问道：“船上的吗？”

“当然，这还用问吗？”

“‘船上的’是什么意思？”女学生问道。

“冰白兰是什么酒？”我也问道。

鲁宾大笑起来，笑得非常骄傲，没想到点个单也能引来这么多问题。他一本正经，用授课般的口吻说道：“白兰是一位好朋友送给我的挪威烈酒，有两种类型：普通型和船上型。船上那种比较昂贵，因为这瓶酒曾经环游地球两周。这艘船常年绕着赤道旅行，酒就放在船舱里发酵，一定要绕地球两周，才能盖章出库。”

“见多识广的酒嘛。”蓝眼睛女生笑道。

正说着，服务员在三个小酒杯里铺好冰块，斟满了酒。我困惑不已：“那群挪威人真疯狂。”

## 与工程师的谈话

电梯酒吧两点半就打烊了，我只喝了一两杯酒而已，不至于头晕目眩，找不着北。

“她就住在附近，”鲁宾拿着车钥匙说道，“我送你回家吧。”

“我还好。”他很热心，但我真不想麻烦人家。

“没关系，我们可以一边走一边聊聊城市人类学，想不想知道那个十七分钟的缘由？”

那个女生又给了一个道别之吻，顿时让我觉得自己之前在学生面前建立起的学术权威都消失得无影无踪。我和鲁宾一起走到车库，他开出来一辆闪亮的萨博跑车，果然是北方人的品位。

“我经常去斯堪迪纳维亚群岛旅行，”他这样回答我，“我是个油井工程师，不过最近正在度假。”

车沿着莱恩卡纳大街慢慢前行，鲁宾说起了自己的生活：他独自一个人住在巴塞罗那上流住宅区的一间公寓里，不过一年到头只有几个月在家，先前一起来喝酒的两位女士都是他的中学同学。

“没时间交女朋友，”我没问他，他倒先坦白了，“每天忙忙碌碌，只能偶尔找个人上床。”

“又是个悲催的单身汉。”我想起自己新年以来的遭遇，不禁心生同感。

沉默片刻，窗外车灯迷离，将我的思绪带回了天使广场，那里残留着我与吉布瑞拉约会的点点滴滴。

约会失败不过是昨天的事情，没想到之后短短二十四个小时却发生了这么多事情：我爬上山想逃离城市，维德玛不见了，月亮的幻影，遇见红头发男子鲁宾，还有那个女学生……

跑车缓缓穿行在巴塞罗那的夜幕中，仿佛在告诉我，生活过得有多快——就像拼命燃烧的蜡烛，仿佛下一刻就会熄灭。这再一次证明，时间与生命密切相关。

但我知道，生命之火并不会就此熄灭，还有很长的时间慢慢燃烧，还有很多事情等着我去经历，一波未平一波又起，如同一场疯狂的赛跑。然而，无论多少波折都不能填补心灵的空洞。自从与吉布瑞拉约会失败之后，我的生命早已无悲无喜。

多亏快活的工程师及时把我从惆怅的深井中救出来。

“我待在巴塞罗那的时候，最喜欢去十字路口那家咖啡馆，”他说道，“每次去市中心买书，都会在咖啡馆待一会。我经常买书，作为油井工程师，一年上百个晚上住在宾馆里，又不喜欢看电视，只能拼命看书。”

“可是，为什么每次只在咖啡馆里坐十七分钟？”我晃过神来问道。

“还不是为了你和你的朋友。”

鲁宾点了一支烟，又递给我一支，我没有接，觉得他思维的跳跃性简直堪比维德玛。他继续说道：

“我很喜欢观察别人，看出来了吗？有一天吃中饭的时候，我站在咖啡馆外面，突然发现有一个大胡子男人正在本子上记录每一个顾客待在吧台的时间。于是，我就打算也去待上十七分钟，就像做游戏一样。后来，我发现你也很喜欢给我计时，所以就养成了十七分钟的习惯，免得让你们失望。你瞧，观众们总是喜欢让歌手唱同一首歌，歌手也不好让大家失望嘛。”

“工程师也喜欢玩这种游戏？”我微微有些失望。

“神秘是人类的生存需要，就像吃饭、喝水、睡觉一样。如果我们生存的世界毫无神秘感，一切现象都可以解释，那人类就活不下去了。自然界充满了奥秘，再多一点点也不为过。”

“你应该搞一个非政府组织来研究这个问题，”我嘲讽地说道，“名字就叫‘无国界之谜’。”

“还是留给你和你的朋友去搞社团吧，每次看到你坐在不远处，我就在想，真奇怪，不知道这人有什么企图？刚开始，我还以为遇到了变态；后来觉得大概是碰到了疯子。”

一点都没错，维德玛不见了，还有最近几个月来我生活中的种种奇怪转变都说明，我早已放弃了正常的生活，更重要的是，我居然毫无悔改之意。

我把头埋在真皮座椅里，说道：

“我们和你之间，类似于量子物理学家和微粒之间的关系，你每次待十七分钟居然只是因为这是我们想要观察到的现象。”

“没错，就像我说的那样，我就是为了你和你的朋友才这么做的。”

“可是世间有多少事情能随心而动？有些人总是做着最坏的打算，到处传扬悲观的论调，等到糟糕的事情发生在眼前却又不敢相信。他们不明白，他们身上所发生的一切都是源自自己的希望。”

“糟糕的希望总是会实现。”

“也许吧，也许看到预感成真比灾难本身更有满足感，有些悲观主义者或许会得意地说，‘我告诉过你……’，说实话我妹妹和妹夫就是这样的人。”

汽车在我家门前停了下来，工程师一边道别，一边拍了拍我的肩膀，简直把我当作冒冒失失的小年轻。

“找个机会打破纪录？”我道别道，“下次一起喝啤酒。”

“叫上你的朋友一起喝一杯。”他补充道，同时用脚一踩油门，开车离去。

他走了，我却愣在了门口，突然意识到，再也没有什么“我和我的朋友”，维德玛不见了。回到家，我只觉得比以往更加寂寞。

我打算上楼去看看，也许维德玛并没有走，也许他只是出门做点小研究。

然而来到房间我才发现，一切都没有动过的痕迹，我忍不住再次走向望远镜，通过调试再一次看到了月亮的影像。

我挺累的，双腿发软，但却不肯放手，继续翻找着月球上的山谷，似乎想找出朋友留下的痕迹。眼睛紧盯着望远镜，我完全没有意识到，历险才刚刚开始。没错，疯子走了，但雪上加霜的是，我刚踏入的新世界将发生一百八十度的大变化。

当然，那是另外一个故事了，而眼前这个故事还没有讲完。

## 死神错过了火车

回到家已是黎明，我周身疲惫，躺倒在床上，什么都不想，只想好好睡一觉。一切记忆都变得模糊起来，唯有月亮的白色幻影印在视网膜上挥之不去。

清晨，如果不是突来的访客打断了我的梦乡，我绝对不会记得那个梦，也会任由梦境改变一切。原本，我会缓缓地从梦中清醒，月夜的思绪也将逐渐融化在意识之海中。

然而，早上不到七点，门铃响了，拼命响个不停，按门铃的人很着急。我在突然惊醒的一瞬间，不经意地抓住了梦境的尾巴，梦境的最后一幕中，维德玛拿着手稿穿过我家走廊，三岛在前面领路。

门铃又响了，梦境完全消散，不知三岛将他引向了何方。

“也许他从月球上回来了。”我猜测着，不顾睡眼蒙眬，从床上一跃而起去开门。

打开对讲机，我惊呆了——刚才我完全猜错了，对讲机那边传来了熟悉的声音：

"塞缪尔……"

没听错吧？居然是泰特斯，好像是他的声音，我把耳朵贴近对讲机，没错，就是老先生本人，他久等不开门，不耐烦地吼道："开门，小子，下来帮帮我。"

我一阵风地朝楼下跑去，深深地拥抱住他，就像个孩子迎接远行归来的父亲，而他强装的怒容也掩饰不了心中的喜悦。

"你还跟我说自己不行了。"我提醒道。

"不这么说，你会听我的吗？我可没骗你，人从一出生，就开始走向死亡，在这个过程中，不断轮回重生。"

"病治好了？"我高兴地问。

"没人治得好，尤其到了我这个年纪。只能说，死神错过了这班火车，只好改天再来。"

## 真相

我怀疑一切还没有结束，维德玛神奇消失，泰特斯回到人间，这都只是表象，表象之下埋藏着深深的躁动，就像地震那样，时机一到便喷涌而出，使人逃无可逃。

维德玛和泰特斯互相并不相识，一人来了，一人去了，似乎不能共存于同一个时空，会不会这是一个巨大阴谋的冰山一角。

我得好好向泰特斯解释一下，为什么房间里会有一架天文望远镜。想到这里，我赶紧扶他上楼，像个导游一样喋喋不休地说起这些天的变故。

泰特斯对我的话不感兴趣，我把房间里的大家伙指给他看，他也只是点点头，说道：

“看见了，天文望远镜，我又没瞎，你激动啥？”

“不意外吗？”

“维德玛问过我能不能装一台天文望远镜，我同意了，搁那儿挺好的。”

我糊涂了，赶紧问道：“他问你能不能装？怎么问？你们俩认识？”

“有一次我打电话回家，是他接的电话，后来我们几乎每天晚上都通个电话。”

我真不明白，维德玛躲在别人家居然随便乱接电话，估计他以为是我从楼下给他打电话吧。

泰特斯的话证实了我的猜测。

“他和我说了一下自己的处境，要我千万别生你的气，让他住了进来。我告诉他，想住多久就住多久，别多想。”

“原来你和维德玛打打电话就交上了朋友，为什么不告诉我？”

“你要操心的事情够多了，我打电话回家，本来想问问书写得怎么样了。维德玛告诉我，你几乎没动笔。”

“他说了？”我羞愧不已。

“嗯，他拼命替你找借口，说你正处于人生的低潮，却又不肯对我讲清楚。这个家伙说话很谨慎。”

“他去哪里了？”我问道，惊讶不已。

“我怎么知道！昨天我告诉他今早出院回家，请他放心待在我家。回来路上我就觉得他可能会走，你知道，维德玛就是那种性格，一点儿都不愿意麻烦别人。”

## 宁氛

大部分生命，生生死死不留痕迹，一日就是一生，一切都只为瞬间的闪耀。

早上起来，我有一种预感，似乎命运的蛰伏就是为了今日的爆发。各种因果落在我身上，比我的意志更加强大。我行走在流沙之中，随时会被吞没。

不要陷入漩涡，我要阻止时间的流动，否则就会万劫不复。听泰特斯说完维德玛的事情，我回到家，打算处理掉之前遗留的诸多事务，趁灾难尚未发生就要掐灭火苗。

我订过一本关于门德尔松的杂志，读了以后就把巴伦博伊姆演奏的“无词歌”放了好几遍。

我像个流浪汉一样躺在沙发上，翻看着一篇关于门德尔松的短文。短文作者署名安德鲁·桑撤兹，我觉得是假名。文章中这样写道：

> 乐曲带来的感受既非轻松，亦非琐碎或者粗糙，而是微妙无比，充满了忧伤，或许正契合一个拉丁文术语：宁氛。

短文接着开始探讨门德尔松与歌德的渊源。门德尔松十二岁时就已经成为著名钢琴家和作曲家，歌德曾经邀请门德尔松来到地处魏玛的公馆，请他每天演奏八个小时以上。

事实上，多年之后，正是门德尔松使歌德爱上了贝多芬的音乐。刚开始，歌德根本不肯听贝多芬的曲子，八十岁的时候，门德尔松为他演奏了《第五交响曲》，歌德才不得不承认这首乐曲非常“宏大”。

我听着第二首《船歌》，想起了一件关于“无词歌”的怪事。1842 年，门德尔松妻家的亲戚问他短曲中想表达什么，他在一封信中回答道：

> 语言无法表达，如果能够讲得清楚，还要音乐做什么……心

爱的音乐向我倾诉一切，而语言总显得过于空泛。音乐的思想太精确了，无法用语言来表达。

## 捉住水中的月亮

门铃又响了，打破了我的“宁氛”。还没开门就听到泰特斯清了清嗓子，看来有话要说。

老先生亲热地拍了拍我的肩膀，显得很不寻常。他腋下夹着一个文件夹进了门。

“开着音乐不介意吧。”我将乐曲声调小了一点。

“我只介意你太过谦逊。”

“什么意思？”我斜靠着沙发，问道。

泰特斯在扶手椅上坐下来，说道：

“《大城小爱》写得很棒，我已经交给了出版社，稿酬都归你，我什么都不要。”

“那个……你在说什么？我只写了不到十五页。”

“嗯，我数数有一百二十八页，”他说着翻开夹满打印文稿的文件夹，“看来你不仅太谦虚，而且偶尔喜欢撒点小谎。”

“我看看。”我按着装订孔，接过他手中的稿纸，免得他耍花样。

我翻了翻稿纸，不知道该说什么才好。书写得很精致，七个章节——包括“小事之爱”——每一章二十页左右，充满了激动人心的励志故事。

全书结尾引用了一首传统的凯尔特诗歌，揭示了真实作者心中的无限探索精神：

不要害怕德鲁伊的魔法，
你也是一个神奇的魔法师，
可以召唤暗夜的精灵，
将月亮笼在水中央。

我恍恍惚惚地将稿件递回给泰特斯，说道：“把稿酬给维德玛吧，如果能够找到他的话。这本书很明显是他写的。”

我花了一下午的时间把一切都告诉了老先生，我怎么认识了维德玛，他在巴塔哥尼亚发生了事故，月台上的神秘人，他午夜到访，还有我们夜间的谈话。

泰特斯一直在听我讲，不时点头，但却又有些漫不经心，似乎对许多细节都很了解。后来当我说起我们喝醉的那个晚上，说起他留下了的旧背包，还有我后来做的梦，老先生突然有了兴致。

“你刚刚说，梦中维德玛跟在三岛后面，手里拿着手稿？”

"没错，"我看了看三岛，小家伙正在地毯上快活地蹭啊蹭，"这个梦很奇怪吧？"

老先生大笑起来，说道："你太迟钝了，连这么明显的暗示都看不懂。小猫在梦里已经向你暗示了维德玛手稿的藏处。他只剩这么点东西了，我们得把手稿找出来，妥善保管。"

"关键是藏在哪里，这很关键。"我回答道，"每次给三岛打疫苗，它总会藏在我找不到的地方。"

"正好容得下一只猫……"泰特斯开始推理。

"……当然也就容得下一本书。"我回应道，可是我根本不知道小猫的藏身之处在哪里。

"让它自己带我们去吧，"泰特斯建议道，"你给兽医打个电话，我跟踪小家伙。"

好主意，很简单，不知道会不会奏效。我点了点头，听从吩咐，尽力而为。我拿起电话，拨通了漂亮女兽医的号码，等了一会，话筒中传来玛丽斯尔的声音。

"下午好，我有一只小猫名叫三岛，需要打疫苗。"我特意强调了"三岛"和"疫苗"，眼角的余光发现小猫直起了身子，悄悄躲开，退到了走廊下面，泰特斯远远地跟着他。

"你又在寻开心吧？"玛丽斯尔说道，"还是你平时就喜欢这样骚扰邻居。"

“回头再解释。”我压低声音说道，挂了电话，和泰特斯一起去找小猫。

老人站在大衣柜门口，衣柜里挂着那些不常穿的衣服，他向我作了个噤声的手势。

“就在里面。”他轻声说。

我们面面相觑，仿佛等待对方做出指示。最后，我决定亲手打开衣柜，揭开秘密——衣柜门并没有关紧。

衣柜里只有两件旧衣服，上排的架子上摆着一个满是灰尘的鞋盒子。打开一看，里面空无一物。就在这时，我发现鞋盒子所放的位置正好挡住了墙上的一个洞口。

找到了，三岛正蜷在洞里，睁大了眼睛，不可置信地望着我们。我们找到了它的藏身之处，它得换地方了。

我刚想抓住它，他纵身一跃，蹿进了走廊。洞里躺着维德玛的手稿。鞋盒子掩护了三岛的小洞，三岛掩护了洞里的手稿。

我把手稿递给泰特斯。泰特斯郑重地接过手稿，仿佛收到了珍贵的遗产。他情绪有些激动，脸色通红，说道：“维德玛住在我家，请让我来保存他的手稿吧。也许我还需要利用望远镜来确认手稿里撰写的部分事实。”

“都归你了。”

“今晚上来坐坐，我们一起读这本手稿，也许能有一点线索，帮我们找到作者本人。他的很多事情，你我都不清楚。”

## 诗人的玫瑰

泰特斯走了，我躺在床上想睡个迟来的午觉，消化一下刚刚经历的一切。

下午六点，天色已经全黑。三岛玩输了，很不开心，并没有跟在我身边。

我伸了伸腿，腿有点麻，想来是昨晚暗夜追踪带来的后遗症。很多时候，身体疲惫却偏偏睡不着，越困越清醒，现在我就遭遇到这个局面。我辗转反侧，在半睡半醒间徘徊，意识离开了身体，飘荡无依。

冥想大师们建议，如果想得太多睡不着觉，不妨放空大脑，任思维飘入脑海，就当它是一片云，名字叫作“思维”，随它飘去，不要做任何判断。思维既不好也不坏，只是单纯的想法而已，只有行为才有好坏之分。

我并没有刻意这样去做，但很快就进入了冥想的中和状态，虽然我依旧不理解生活本质以及自身在生活中的位置与意义。不管怎样，半睡半醒的迷离使我得以远距离观察生活，了解自己的渴望，直到重新回到最初的状态。

虚无的幻觉——明知比虚无更加空虚——渐渐散去，卧室门轻轻地开了，黑暗中传来一声猫叫。三岛已经不生气了，正在寻求我的关注。

我从床上跳起来，生怕它饿了渴了，或者想要我把它住的小盒子清理干净——小家伙要求还挺多。我看了一圈，盒子很干净，水和食物也很充足，一切都井然有序，它为什么把我叫醒？

小猫做事有着自己的一套理由，只不过人类很难理解罢了。

我昏昏沉沉地走进厨房打算泡杯咖啡，突然发现地毯上落了一张纸，应该是从泰特斯的文件夹里掉下来的——作者的官方名称叫作弗兰西斯·阿玛菲——因为命运的阴差阳错，落在了我家地毯上。

今年新年以来的人生经历告诉我，这张孤零零的纸片哪里都不去，偏偏落在我家，一定有所缘由。我捡起纸片，坐在沙发上读起来，心想说不定会找到新的启示。

这一页来自"明明白白的心"那一章，讲的是年轻的诗人里尔克初至巴黎时发生的真实逸事。

> 诗人与一位年轻女士经常绕着广场散步，广场上有个女丐，总是坐在同一个位置，木然地望着周遭的路人，既不讨钱，收到钱时也不说谢谢。诗人的女友常常给她一个硬币，但里尔克从不给钱，女士问诗人为何如此，诗人答道："她的心需要礼物，手头却不需要。"

有一天，里尔克将一朵玫瑰放在女丐裂纹斑驳的手掌上，神奇的一幕发生了：女丐抬起目光，热情地吻着诗人的手，离开了广场，手里挥舞着那支玫瑰。接下来的几天，女丐平时常待的角落里空空无人，她离开广场差不多一周后才又重新返回。

“这几天不在广场乞讨，她靠什么生活呀？”年轻的女士问道。

里尔克答道：“玫瑰。”

## 回到原点

我并不急着把遗落的书页给泰特斯送过去，既然已经出了门，就散步去市中心看看吧。

决定步行前往市中心的时候，我压根没有想过为什么会有这个打算。很多事情都是如此，往往事后很久才发现自己做了一个多么重要的决定。我隐隐约约感觉到，今天的主旨是“一切皆有可能”，打算趁着还没关门，去逛逛市中心那家售卖古典音乐的音像店。

泰特斯回来了，维德玛不见了，找到的那部手稿为我的生活带来了许多未知的变数，虽然大部分事情都不在我的掌控范围之内，但至少有些事情能够由我做主。我伤害了吉布瑞拉，应该向她道个歉，结束彼此的痛苦。

事已至此，也不必再特意约时间，我应该直接走进店里，向她道歉，希望她原谅我态度不好，也祝福她幸福快乐。如果我能做到这一切，一定能重新理顺生活的秩序。随着时间的流逝，爱情的伤口渐渐痊愈，我将重新回归孤独的宁静。

最近发生了太多的事情，痛苦耗尽了我全部的力量。

来到音像店，吉布瑞拉正往下拉动金属百叶窗。我站在三米开外的地方，免得侵入她的时空。趁她还没有看到我，我鼓起了全身的"宁氛"，反复琢磨着怎么开口道歉。

她转过身来，看到了我，杏眼如炬，灼伤着我，我突然什么话都说不出来了。我不知道怎样才能简短地道个歉再道个别，不料她先开了口：

"昨天我给你打了好几个电话，总是打不通，到底怎么回事？我担心死了，你知不知道？"

我呆住了，这才想起之前兽医小姐来访时，我把电话线拔了，后来一直没连上。只有我这样很少有电话的人，才会犯这类错误。

"算了，"她见我不回话，接着说道，"你没事就好，我真担心你干傻事。"

"嗯，是干了些傻事，"我们俩肩并肩，沿着兰布拉大道散步时，我告诉她，"那天，我一直走一直走，穿过了整个巴塞罗那，一直走到提比达波山上的树林里。”

“然后呢？”

“然后下了山。”

“嗯，好一场历险啊。”她开玩笑道。

“我的历险都是这样，小事而已。”

我们静静地走着——如果这条喧嚣的街道称得上安静的话。真不知道我们俩在做什么？难道找不到更好的地方散步？

仿佛是为了解答我心中的疑问，吉布瑞拉牵起了我的手，拉着我走向对面的人行道。她轻轻地拉着我的手，像孩子急于拉着父亲去看自己的新发现。这回轮到我不知所措，浑身僵硬，像死人一样被她牵着跑。

穿过商场的拱廊，来到一家艺术书店，门旁贴着一幅海报，宣传着弗里达·卡罗的画展。海报上的那幅画是这位墨西哥艺术家生平最后一幅作品，不久她就在疼痛中去世了。画上有一个切开的西瓜，用刀刻着几个字“VIVA LA VIDA”——永生。

“想看画展？”我问道，下意识地握紧了她的手。

“跟我来。”她说着推了我一把，来到了一座建筑物后面，往右是条悠长而潮湿的走道，压得很低，不得不猫着腰穿行。

我紧挨着吉布瑞拉，跟在她身后。走着走着，突然来到了一片熟悉的阶梯下，正是三十年前我们相遇的地方。

我心里充满了疑问。我们怎么到了这里？原来老房子改造成了艺术中心，所以我一下子没有认出来——那个小男孩记忆中的殿堂似乎宏伟得多。

吉布瑞拉淘气地望着我，我有了点想头。她之前是不是一直在伪装不认识我？她还清晰记得我曾经所做的一切吗？也许过往在她的梦中回归，就像我循梦找到那本手稿一样。

我的呼吸急促起来，不敢胡思乱想，反正也想不清楚。问题永远没有答案，解决一个问题只能带来更多的问题。门德尔松曾经说过，真实的心无法用语言来表达。

"闭上眼睛。"吉布瑞拉站在台阶的阴影下，靠近我，在耳边轻声地说。

我如她所言，闭上了眼睛，感受着脸颊上的触感，蝴蝶的翅膀轻轻拂过，一切仿佛又回到了原点。

我生怕这只是一场梦，睁开眼睛一看，吉布瑞拉依然站着眼前，微笑地望着我，神情略带着一丝挑衅意味。

我总结道："故事到此结束。"

"正好相反——故事才刚刚开始。"她说着慢慢向我靠过来，她的唇与我的唇越来越近，就像两个星球因为重力而相互吸引。

# 译后记

故事发生在西班牙巴塞罗那，一连串小小的变故，改变了象牙塔里的德语教师塞缪尔的整个生活。表面上看，这本小说只是想弄清楚，些许小事如何改变了茫茫人海之中孤独一人的命运。然而，作为一个典型的学院知识分子，在改变不断发生的同时，他也在思索着命运是什么，又是什么力量改变了命运的走向。小说中的一切改变，最初似乎只不过是源于一些意外的小事，与“性格决定命运”的传统主题大相径庭；不过小说并没有因此走进宗教神秘主义的怪圈，而是一本正经地描述那些以前不值一提的琐事，赋予其近乎于神圣的意义，反映了后现代主义氛围之下，从破碎中寻找意义的时代思潮。

全书本来打算从英译本翻译，后来发现英译本漏译较多，只得从西班牙语的原文直接翻译。说起来，西班牙语与汉语在音义对应规则上有着相当多的共通之处，所以反倒比英译中来得容易些。不过原文引经据典比较多，在塑造塞缪尔知识分子形象中，涉及到不少各国文学与艺术史的作品，本打算以译注的形式来说明，考虑到阅读的流畅性，最终决定舍译注而采用了增译来进行内容补充，例如“三岛由纪夫”就直接增译为“日本著名作家三岛由纪夫”，《流浪者》增译为“油画名作《雾海中的流浪者》”。只有当补充说明的内容比较多，不做译注会影响阅读时，才做了译注，例如对于西班牙“三王节”风俗的解释。翻译中的一大难点是大量双关语的翻译。原作文字狡谐，双关较多，恰好体现了一位语言教师玩弄文字以为风趣的习惯，例如“手电筒的发现，顿时照亮了痛苦的回忆”或者“当头一锄”等，翻译中不忍舍弃，通过造词、增加双引号或者四字短语等方式，尽量凸显文字的修辞变化。翻译中的另一难点就是造词。原文引入了许多外来语来探索本国语言表达的界限，所以也就出现了中文缺乏等值译词的情况，译文尽量借鉴过去文学翻译中的译法，例如“达摩”的翻译；有些词的翻译则颇感为难，要么其他文学作品中的译法不符合本文的语境，要么就是完全没有译过的新词，例如拉丁语“serenitas”，只好造了一个词“宁氛”暂且应对，希望不要给读者带来困惑。

西班牙的诗学情怀与东方，甚至与相邻的欧美国家都有很大的差异，这是一个诗歌的王国，连路边的小青年也能大谈“98年一代”和“27年一代”两大现代主义诗歌团体的代表作品。深刻的诗学历史给我们理解其美学取向造成了巨大的障碍。本书的翻译为了叙事的连贯可能有简单化处理之虞，希望读者们能够理解译者的不得已。也许三十年后，当我们对于世界多样性的理解更为深入之时，思维的束缚可以得到进一步的解放，文本的真相方可得到更为完整的揭晓。

另提一句，本书主人公塞缪尔所居住的巴塞罗那是欧洲大陆上最光彩照人的大城市，如今也是最为炙手可热的旅游胜地，然而游客般蜻蜓点水的巴塞罗那之行，很难体味西班牙语文学历史从秩序走向破碎，从现实中发现魔幻的过往。这是一个古老的历史与现代主义思潮交缠生长的特殊地域，一切新的思想，一切新的强劲，都来自于对传统的适时突破。主人公塞缪尔对于自己千篇一律的生活的反思，在写作畅销书时的诸多尝试与失败，在寻找爱人过程中的彷徨与欣喜，或许都充满了存在主义的意味。